# 自控

何权峰 著

青岛出版社
QINGDAO PUBLISHING HOUSE

图书在版编目（CIP）数据

自控 / 何权峰著.--青岛 : 青岛出版社，2018.12
ISBN 978-7-5552-7154-3

Ⅰ．①自… Ⅱ．①何… Ⅲ．①散文集－中国－当代
Ⅳ．①I267

中国版本图书馆CIP数据核字(2018)第140133号

本书中文简体字版经北京时代墨客文化传媒有限公司代理，由
作者授权在中国大陆出版、发行
山东省版权局著作权合同登记号图字：15-2018-85

| | |
|---|---|
| 书　　　名 | 自　控 |
| 著　　　者 | 何权峰 |
| 出版发行 | 青岛出版社 |
| 社　　　址 | 青岛市海尔路182号（266061） |
| 本社网址 | http://www.qdpub.com |
| 邮购电话 | 010-85787680-8015　13335059110 |
| | 0532-85814750（传真）　0532-68068026 |
| 责任编辑 | 郭林祥 |
| 特约编辑 | 闫　訾 |
| 校　　　对 | 李玮然 |
| 装帧设计 | 源画设计 |
| 照　　　排 | 梁　霞 |
| 印　　　刷 | 北京润田金辉印刷有限公司 |
| 出版日期 | 2018年12月第1版　2022年3月第6次印刷 |
| 开　　　本 | 32开（880mm×1230mm） |
| 印　　　张 | 7 |
| 字　　　数 | 80千 |
| 书　　　号 | ISBN 978-7-5552-7154-3 |
| 定　　　价 | 36.00元 |

编校印装质量、盗版监督服务电话　4006532017　0532-68068638

建议陈列类别:畅销·励志

五岁的时候，妈妈告诉我快乐是人生的关键。

上学以后，老师问我长大后的梦想是什么？

我写下"快乐"，他们说我没搞清楚题目，我告诉

他们，是他们没搞清楚人生。

——摇滚乐巨星 约翰·列侬


常有读者写信给我述说自己的烦恼。有些人说："我常执着

于负面情绪和念头，要如何改善？"有些人多年来一直陷在心灵

的黑暗深处：自卑、恐惧、愤恨、内疚、沮丧……还有些人面对

人生困境的种种问题，无所适从。

会问这些问题，表示大家并没有搞清楚困境的本质。当你说：我太执着于负面情绪和念头，要如何改善？你并没有真正了解问题的根源。如果你知道自己抓着垃圾，需要有人教你如何抛弃吗？需要通过努力来丢掉吗？如果你了解手里的东西是垃圾，自然就会丢掉。

我常说：去解决一个问题，事实上并不是要去直接解决它，而是要先去了解。答案也并不是在问题的外面，而是隐藏在问题里面。这也是本书想传达的重点。

了解——

"自在"，不是让人喜欢你，而是喜不喜欢随缘。

"价值"，不在别人的嘴里，而是在自己的心里。

"自由"，是不怕讨人厌。当你可以勇敢地拒绝别人，你就自由自在了。

了解——

"发怒"，并不是因为对方有多坏，而是因为你很在乎。

"困扰"，不是问题在烦扰你，而是你的想法在烦扰你。

"争吵"，不管是谁先开始，只要"不说最后一句话"，所有问题与纷争自然会结束，不是吗？

有件事大家必须明白：想了解问题，就不能回避问题，看清自己的问题，就能不再陷入其中。

如果我是痛苦的，而我想变得快乐，这种试图变得快乐的努力，就会造成更大的痛苦，因为痛苦依旧存在。重要的是去了解痛苦是因为什么："我为何会痛苦？为何那么焦虑？为何那么多苦恼？是什么内在的因素引起的？"看清那些因素，你就能免于痛苦的束缚。这就是领悟。

当你领悟"逆境"是上天的祝福；"敌人"其实是贵人；"内疚"不是你应该承担的；"改变"不是让人跌落，而是让我们起飞。那些焦虑、苦恼和痛苦自然会烟消云散。就好像你在一个黑暗的房间点一支蜡烛，突然间黑暗就消失了。

然后你就会明白，"平和"，不是指外在的风平浪静，而是指内心的平静；你就会领略"缺憾"的意义，了解人生不全是美好，但你可以欣赏其中的美好并学会"随缘"。有什么，就享受什么。

大部分人都想创造梦想中的生活，追逐我们想要的一切，对自己、孩子、伴侣怀着很高的期待。这也是人们一直不快乐的原因。

也许你不断地对人失望过，但你是否想过，这"期望"是你的，还是他们的？

你不断"追求"更好的东西，却得到了更多的不满，为什么？因为欲望的本质就是不满足。

所以，人生的关键并不在于不断追求自己想要的东西或是期待别人给你想要的东西，而在于改变自己想要的东西。

难道大家不觉得关爱、幸福和感恩才是喜乐之源，而喜乐之源的钥匙就握在你手里。

想得到爱，先要学会"自爱"，你必须先拥有爱，而不是找一个人来弥补自己没有的；想要美好的"爱情"，不是要去寻找一个完美的人，而是要学会用完美的眼光去欣赏一个不完美的人；想要"幸福"，也不是要去追求，而是要去感受。如果你没感受到幸福，那是因为你欠缺了一份"感恩"的心。

人生本该轻松自在，简单富足——"领悟"两个字，找回那个微笑的自己。

# 名人这样掌控自我

---

**李开复**  认识自己，就是弄清楚你是谁，你想要成为什么样的人？尤其重要的是要分清楚：这跟别人认为你是谁，他们要你成为什么样的人，没有丝毫关系。

---

**马化腾**  我对自己做的任何工作都很投入。

---

**董明珠**

生活就是这样，总会有乌云遮眼的时候，但也总
会有云开雾散的一天。只要你坚持按自己的理想
走下去，就一定会有成功的一天。

**柳传志**

志在巅峰的攀登者，不会陶醉在沿途的某个脚印
之中。

**李嘉诚**

自己做得到和做不到，其实只在一念之间。

# 目录

# 目录

**Part 5**

# 客观思考

**Part 6**

# 反思表达

# 目录

ZI  自控  KONG

Part 1

成为自己

## 01 / 喜不喜欢随你

花开自美，评说由人。

——画家　王家春

什么时候你会不自在？当你发现有人看着你，当你开始担心别人对你有什么看法，你就会变得不自在。对吗？

人们全都活在别人的看法里，全都在意别人的眼光，害怕别人的论断。可是，别人的看法是没有标准的，就像有人觉得长发好看，有人认为短发好看，我们到底要听谁的？某人说你优秀，另一个人又说你差劲，你该如何判断谁对谁错呢？

有一个年轻人向禅师求教："大师，有人称赞我是天才，将来必有一番作为；也有人骂我是笨蛋，一辈子不会有多大出息。依您看呢？"

"你是如何看待自己的？"禅师反问。

青年摇摇头，一脸茫然。

禅师说："比如同样的一斤米，若用不同眼光去看，它的价值也就迥然不同。在主妇眼中，它不过能做两三碗米饭而已；在农民看来，它只值一块钱罢了；在卖粽子的人眼里，包成粽子后，它可卖到三块钱；在做饼干的人看来，它被加工成饼干以后可卖五块钱；在味精厂的人眼中，它可以提炼出味精，可卖十几块；在酒商看来，它可以酿成酒，可卖四十元……不过，米还是那斤米。"

禅师顿了顿，接着说："同样一个人，有人将你抬得很高，有人把你贬得很低，其实，你就是你。你究竟有多大出息，取决于你到底怎样看待自己。"

### 如果你不看好自己，有谁会看好你？

画家王家春说："花开自美，评说由人。"就像湖里的荷花，只顾亭亭玉立即可，不必在意行人是在观赏荷花，还是在欣赏陆地上的玫瑰。

有人不欣赏荷花，它一点都不在意，因为那只是那人的一厢情愿。有人不喜欢它，它也不会受到影响，因为那是别人的事。它开花并不是为了别人的赞赏，也不是因为会得到任何反馈。它只是做自己。

多年以前，我若是看到有人在我上课或演讲的场合打瞌睡，心中就会感到不悦，心想："是不是我讲得不够精彩，否则别人怎么会睡着了？"后来我想通了，其实，他为什么打瞌睡，谁知道？别人有什么反应，是别人的问题。不是这世上所有的人都要喜欢我，我也不是喜欢世上的所有人。怎么可能所有的人都喜欢我呢？

自在，就是"当别人不在"——这就是我，喜不喜欢随你！

自在，就是"当别人不在"——这就是我，喜不喜欢随你！

## 02 / 不怕讨人厌

人生而自由，却处处处于枷锁之中。

——法国哲学家　卢梭

有位学生问了我一个两难的问题："我不想答应同学的邀约，又怕拒绝了，他会不高兴，以后不理我。我该怎么办？"

我说："如果他因为这件事不理你，那要谢谢他，他给了你自由。"

当人们认同你、喜欢你时，常常取走你的自由，因为你不想让他们失望，所以你必须处处迎合。当他们不认同你或不理你时，他们不再对你期待，你反而自由了，不是吗？

有个玩世不恭的年轻人，某天突然发布了结婚的消息，大家惊讶之余，私底下议论纷纷，没有人看好他的婚姻。

只是，跌破大家眼镜的是，婚后的他竟仿佛脱胎换骨，彻底变了一个人。

周末，他不再通宵达旦地玩乐，甚至连应酬也是能免则免。他的转变，让那些以前与他一起玩乐的朋友们很不习惯。

他们试着诱惑他，希望他如从前一般，继续跟着他们夜夜笙歌——"每天闷在家里多没意思！""跟我们出来玩一玩，别告诉老婆，不就好了？"

可是，他都不为所动地拒绝了。

朋友们渐渐觉得无趣，却又忍不住好奇地问："你每天乖乖地上班、下班、回家，不觉得很无聊吗？""结婚后，你的日子过得这么苦闷，你怎么受得了？"

"不。"他摇摇头，"我不但不会受不了，还觉得很快乐呢。"

有朋友不以为然地说："唉，如果是我，我才不结婚呢！结了婚之后，被婚姻、家庭绑得死死的，一点自由都没有。"

"因为我对'自由'的想法改变了。以前我以为随心所欲才是自由，可是，我现在明白了……"他说，"自由，不是'想做什么，就做什么'，而是'不想做什么，就不做什么'。"

很多人都不能真正理解自由是什么，自由并不仅仅是能做自己喜欢的事，更重要的是可以拒绝做你不想做的事。

每隔一阵子，我都要恭敬地拒绝许多邀约，采访、聚会、演讲……我越来越清楚地知道自己要的是什么，我得把时间留给自己，尽全力做好手头上的事。

比如，我需要不被人打扰的独处时间，可以静下来读书、写作、思考问题和做计划。所以，我经常关掉手机、不回复别人的来电，也很少主动打电话给别人。朋友一开始也抱怨连连，后来他们慢慢就习惯了。

　　心理学家阿德勒说："培养勇气的第一步，就是不怕讨人厌。唯有如此，才能获得自由，活出真我。"我完全同意这个观点。当你可以勇敢地拒绝别人的要求时，你就自由了。

> 　　"培养勇气的第一步，就是不怕讨人厌。唯有如此，才能获得自由，活出真我。"我完全同意这个观点。当你可以勇敢地拒绝别人的要求时，你就自由了。
>
> —— 阿德勒

03 / **在自己心里**

看内在，不要看外在。

——老子

假设水就是原本的你，将水倒入杯子里，水可以被塑造成任何形状，但是水还是水，本质是不会改变的。用两个杯子装水，一个杯子是黄金的，一个杯子是陶瓷的。黄金杯和陶瓷杯是不同的，但里面装的水还是一样。

　　我要说的是人的价值。太多时候，我们专注在自己的外表和外在的成就、表现以及别人的评价，以此评断自己的价值。就像倒入杯子中的"水"一样，以为杯子才是自己，而忘了自己是水的事实。当杯子的形状改变，就找不到自己了。


　　"我是失败者。"年轻人说。

　　"你为什么失败？"大树问。

　　"因为我犯了错。"

　　"看看我。"那棵树说，"起风的时候我弯腰，下雨的时候我让自己往下垂。然而，我始终还是自己，一棵树。"

　　"我无法接受这样的改变。"男人说。

　　"看看我。"那棵树说，"我每个季节都在改变，从绿叶变成黄叶，最后又变回绿叶，枝上盛开的花朵也会变成凋零的花瓣。然而，我始终还是自己，一棵树。"

　　"我再也不敢去爱了。"女人说，"为了爱，我已经放弃了自我。"

　　"看看我。"那棵树说，"我的树枝上有鸟儿，树干里住着猫头鹰，树皮里住着蛾和瓢虫。它们可能会拿走我所拥有的一切，可是我始终还是自己，一棵树。"

我们都像是那棵树。真实的你，往往不是你想的那样。你不是你的成绩、文凭，不是你的职位，不是你的衣着，不是你的履历表，不是你的身家背景，不是你的身材、长相，不是你的恋爱史，也不是你的存款数字。这些事物完全不能说明你的价值。

老子说："看内在，不要看外在。"你不是容器，你是容器里所装的内容。请牢记这一点。外在的事物会改变，但你的本质会维持不变。

也许你经历了一次创伤；也许你的表现失常；也许有人背叛你、利用你或是拒绝你；也许你的爱人离你而去；也许你的朋友突然对你冷淡或不再与你联络；又或者你认为过去发生的不幸都是因为你的错，以致你觉得自己一无是处、毫无价值。朋友，你这就是忘了自己的本质。

花朵即使掉到地上，还是香的；钻石即使被遗落在沙土中，还是闪闪发亮；一百元的钞票即使被揉搓、被践踏过，也还是一百元。你的价值也一样——是在自己的心里，不在别人的嘴里。当你尊重自己的价值，就没有人可以轻易用他的价值观影响你。

花朵即使掉到地上，还是香的；钻石即使被遗落在沙土中，还是闪闪发亮；一百元的钞票即使被揉搓、被践踏过，也还是一百元。你的价值也一样——是在自己的心里，不在别人的嘴里。当你尊重自己的价值，就没有人可以轻易用他的价值观影响你。

## 04 / 我们不能负的责

君子有所为，有所不为。

——孟子

你经常牵涉进别人的私事吗？你觉得别人老爱占你"便宜"？你很难向他人提出的要求说"不"吗？

过去我常把自己搞得疲惫不堪，反省自己时，我发现问题就出在我没设立"界线"上。我对亲友的事参与得太多，不仅熟知他们的私事，还把他们的问题揽在自己身上，这就是问题所在。人与人的交往若"越界"，往往会搞得自己心力交瘁。久而久之，事情积累得超出个人的容忍限度时，还会造成关系破裂。

### 什么是界线？

简单来说，就是将属于自己与不属于自己的责任做出清楚的区分，避免由于为他人承担过多责任而使他人过度依赖。界线即一道防线，可以让别人知道：我是怎样的人——我同意什么，我不同意什么，哪些我可以接受，哪些我不可以容忍。

举例来说：当你拒绝别人，人们就知道你的界线在哪里，那么当他们以后又有事找上你的时候，你若说"不"，他们也不会生你的气，因为他们知道你就是这样的人。反之，如果你处处迎合，当有一天你拒绝别人，反而会被误解或得罪人。

大家应该听过"破窗理论吧"？某地如果有一面窗子破了，没有人理会的话，没多久，整面墙的窗子都会残缺，甚至公共设施都会开始被破坏。又或是一条人行道上有些许纸屑，如果无人清理，不久就会有更多垃圾，最终人们会视若理所当然地将垃圾顺手丢弃在地上。

同样的道理，当你的生活没有任何界线时，不仅会让自己陷入委屈，别人一旦习惯了还会得寸进尺，把对你予取予求视若理所当然。

作家肯·凯泽（Ken Kizer）说得对："生命若没有界线，别人就会进入你的生活，停留在你不希望他们停留和他们不应该存在的地方。"

你可以对家人或亲友设立必要的界线，不必觉得内疚或是有义务帮他们解决问题。即使对孩子也一样，别在他们一发脾气时，就迎合他们；别在他们一犯错时，就帮他们解决问题。千万别越线，否则他们永远学不会负责。

也许有人会因你设立界线而生气，但你可以选择不被那怒气影响。那怒气也显示出对方可能不懂得尊重别人，而他的情绪以及问题都不是你该承担的。回到你的界线内，否则他的问题就会变成你的问题。

　　我发现，人之所以会有很大的无力感，原因在于：我们无法去负"我们不能负的责"，我们无法解决"原因不在我们的问题"。所以，坚守你的"界线"吧！

　　当你的生活没有任何界线时，不仅会让自己陷入委屈，别人一旦习惯了还会得寸进尺，把对你予取予求视若理所当然。

## 05 / 吃力不讨好

是的，有人不喜欢你，但那又怎么样？

你不可能讨好所有人。

如果你温柔，有人会说你软弱；你刚强，有人会说你自以为是；你随和，别人说你没主见；如果你坚持己见，别人又会说你太霸道；如果你试着退让，别人又说你很假，怀疑你有什么目的。不管你做什么，别人都会有意见，有时更惨的是，如果你这样做，就会被骂，但同时如果你不这样做，也会被骂。

　　记得有位作家是这么说的："我不知道成功的秘诀是什么，却知道失败的秘诀，那就是：'满脑子只想讨好每一个人'。"我完全同意这个观点。

　　我们都有被人赞同的强烈渴望，也都希望在他人心中留下美好的印象。可是你知道吗？当你花太多时间去迎合别人、取悦别人、按照别人的意愿改变自己，那么，你是什么？你就成了被别人操纵的傀儡。

　　几个朋友决定要去唱KTV，凯蒂其实不想去，但禁不住朋友一再怂恿，便去了。才刚踏进KTV，凯蒂立刻知道自己错了。朋友们在开心地点歌，她却坐在一旁发愣。朋友们想拉她一起吃喝、欢唱，她却都没兴趣。回到家后，她懊悔没有听从内心的声音，而是任由朋友们摆布。

　　如果你不拿回生命的主控权，别人就会代劳，把你带往你不想去的方向。不只如此，自我牺牲也会让人以为你是可以被牺牲的，最后把你牺牲掉。

　　实话实说，不行就不行，不想就不想，千万不要为了讨好而答应。如果对方因此生气、苦恼，你要明白，他这样并非出于爱或情谊，而是因为这个人想要操控你却没成功。你不必感到罪恶，因为这个人正在利用你得到他想要的。

　　不过，这并不表示我们就不应该对人友善。愿意对别人好，也并不等同于刻意讨好别人。这两者的界线是：自己原则的底线。

　　我们做任何事都应该听听内心的感受，问问自己："这是不是我心甘情愿的呢？有没有一丝一毫的勉强？我是在为自己、为我的喜悦做这件事吗？或是我只是为了取悦他人？"

　　我经常想到自己一路走来所碰到的反对者，所以每当我给年轻人一些个人的意见时，我总会告诉他们：别把那些批评、反对太放在心上。因为你再用心，也无法讨好所有人。在说话时，自己的舌头都会被牙齿咬到，更何况是长在别人嘴里的舌头。

　　你的人生目标不是去迎合别人的想法，所以没有必要浪费唇舌反复向不信任你的人解释。喜欢你的人，不用讨好，自然会被你吸引过来。而不喜欢你的人，就算你去讨好，还是不喜欢你。何况就算他喜欢你的讨好，你也不会喜欢这样的自己。何必呢？

ZI 自控 KONG

Part 2

# 掌控情绪

## 06 / 在乎了，就输了

生气是拿别人的错误来惩罚自己。

——德国哲学家 康德

如果你检视自己的情绪反应，你将会发觉自己就像是按钮一样，随时可以被启动——某人说了几句话，你就受不了；别人投过来轻蔑的眼色，你就怒目相向；有人批评你、辱骂你，你立刻气呼呼地还以颜色。你总是为自己辩护：

"是某人先惹我！我也没办法。"可是，事情真的像你所说的如此无助吗？

某个人辱骂了智者，他的弟子问他："我都气坏了，为什么你却无动于衷？"

智者说："你真是让我惊讶，那个人所说的话一点意义都没有，那与我无关，你却被惹恼了，这是很傻的。为了别人的错误而惩罚自己，何必呢？"

人之所以会生气是因为不知道生气的本质是什么，当你知道别人会生气是因为无缘无故的烦躁或是因为他习惯了用生气的面孔示人，你就不会被那怒气影响，否则你就是愚昧。有时你做不到这样，那是因为你自己的无知和习惯。

春秋时代，民间流行一种叫斗鸡的娱乐活动，齐王也很喜欢这种娱乐，所以请了一位名叫纪渻子的驯鸡高手来为他训练斗鸡。

纪渻子开始驯鸡后的第十天，齐王问他："训练是否有成果了？"

纪渻子答："还不到时候，因为它斗志昂扬，一心一意要和其他的鸡一较高下。"

又过了十天，齐王又问起，纪渻子还是摇头说："还不行，它依然一脸怒气，抖擞羽毛。"

过了一个月，齐王很是着急，又问："现在斗鸡总该驯好了吧？"可是纪渻子仍然摇头，要齐王再耐心等上一阵子。

直到四十天后，纪渻子才向齐王禀报："斗鸡训练成功了，它现在听到其他的鸡叫，眼睛连一眨也不眨，看上去就像一只木头鸡，不惊不动。其他的鸡见到它，却都吓跑了，这已是天下无敌的斗鸡了。"齐王听了十分高兴，后来，这只鸡上阵迎敌，果然从无败绩。


有一次，有位同事言辞激烈地谴责我。在他批评我的当下，我很清楚他的指控和我并无关联，所以我听着他说也能保持心平气和，因为我并不认同他说的话。同时，我也明白，如果我跟他一样，又气愤，又口出恶言，他一定会觉得比较安慰……但我并不想那样。几天后，他自觉理亏，一再跟我道歉。

李敖讲过一段话，非常恳切。他说："不要过分在乎身边的人，也不要刻意去在意他人的事。在这世上，总会有人让你悲伤、让你嫉妒、让你咬牙切齿。但这并不是因为他们有多坏，而是因为你很在乎他们。所以想心安的话，首先就要不在乎。你对事不在乎，它就伤害不到你；你对人不在乎，他就不会令你生气。在乎了，你就已经输了。什么都不在乎的人，才是无敌的。"

## ——— 07 / 就看你怎么想

生活是由个人的想法组成的。

——古罗马皇帝　奥理略

　　如果你的车被突然冲出巷子的摩托车撞了，那结果就已经是被撞了。然而，你如何对待这"意外"，就要看你对它的想法是怎样的了。"人生难免有意外。""这太可怕了。""我真倒霉，为什么这件事要发生在我身上？""还好！人平安就好。"随你去想。你有什么样的体验，就看你怎么想。

体验不是外在的事物，而是内在的。十个见证意外的人，对于发生的事会有十种不同的体验。每个人都以自己的想法，创造了自己的体验。

我们时常听闻有关人们的苦难的故事。某个人历经天灾人祸、生离死别，从此一蹶不振，开始酗酒、自暴自弃……在领悟到是我们的想法让自己受苦之前，我们很容易会为自己的行为提出合理的解释，但是想必也有许多人听过有人经历灾难之后，反而浴火重生。不是吗？

有位读者写信来说，她被自己最好的朋友出卖了。"我觉得很受伤，很痛苦。"

这就是没搞清楚问题的本质。想想看，有没有什么人或事情能够伤害我们？假如我的爱人移情别恋；假如我丢了工作，又病得很厉害；假如有一天大水淹没了我的房子……我当然会觉得难过，但是，我能够被这些伤害吗？

事情的状况不会伤我们的心，它们顶多引起一些生理上的不舒服，但不会让我们内心痛苦。是我们的想法造成了自己的不快乐。

有病人感到不解："我生了重病，这痛苦难道也是我自己想出来的？"

"没错，我们如何想、想什么，是决定我们体验的唯一因素。"我说，"如果你的身体状况确实造成你的情绪痛苦，那么你和其他有相同病痛的人，便会一直感受着同样的痛苦，可是事实却并非如此。"当人面对病痛或死亡，造成情绪不安的，仍是我们对病痛或死亡的想法，而非病痛或死亡本身。

奥理略大帝说得对："假如你因某些事物而痛苦，其实并不是那些事物在烦扰你，而是你对它们的想法在令你痛苦。"

并不是那个人伤害到你，而是那个想法"他怎么能这样对我""那些话太伤人"，是你把情况解释为"他伤了我的心"的想法在伤害着你。

并不是失恋造成了你的痛苦，而是那个想法说"我不能失去他""他欺骗了我""他辜负了我"在产生痛苦。

我曾与许多丧偶的人谈过，我发现，若是心里把对方的离开解释为："都是我不好，我没照顾好他……"或者认为"他先走了，叫我怎么活下去"，就很容易陷入悲苦。若是解释死亡为"他已经解脱了，现在不必继续受苦……""他先走也好，由我承担生离死别的痛苦……"，那么多半都能释怀。

引用心灵导师露易丝·贺的话："你旧有的想法会继续形成你的经验，直到你放下它们。你未来的思想尚未成形，而你也不知道它们会是什么。你现在所想的，完全在你的控制之下。"就看你怎么想了。

## 08 / 情绪是这么来的

此刻你的情绪是源于此时你脑海里的思绪。

——心理学家　大卫·伯恩斯

学生：我觉得最近闷闷不乐。

我：你是不是常想不开心的事？

学生：我只是觉得筋疲力尽，压力很大。

跟这学生一样，多数人并未发现他的想法会影响心情，他以为自己的感受只是生活所造成的结果。

想想你的呼吸吧！在我提出的这一刻之前，你必然已忘了自己在呼吸的事实。因为呼吸是如此自然的习惯。

思想也是一样。脑子十分努力地去解释我们的心情为何如此恶劣："我心情不好是因为我压力很大"或"我心情不好是因为我的人生很糟""我心情不好是因为我爱错了人"，这已成了习惯。也正因为如此，我们忽略了坏心情其实是自己想出来的。

智者说："我们怎么想，我们就会变成怎么样。"

是的，你现在的感觉，便是你此刻的想法造成的结果。

思想，就是"念头"。你现在就可以试试看，没有不快乐的念头能不能不快乐？好，现在再试一下不去想你厌恶的那个人，你是否会感到厌恶？再试试没有悲伤的念头就悲伤，没有生气的念头就愤怒。那是不可能的。事实上，想要产生任何感觉，就必须先有产生那种感觉的想法。

如果有个人用"斜眼"看你，而你想的是："这人敢轻视我，是不是欠揍？"如果你继续往下想，只会越想越气。反之，如果你换个想法："这个人好可怜，眼睛怎么歪成这样！"你可能反过来还会同情他，对吗？

是你的想法创造了你的情绪，明了这句话的重要性，是改善情绪的第一步。

有个人很不开心，因为他听说有人在背后说他坏话。试想，如果他根本不知道别人背后的批评，他会不快乐吗？当然不会，他怎么可能因为不知道的事不开心呢？

因此，别人怎么说他，背地里怎么批评他，都不会使他不快乐，是他自己的想法使他不快乐。对吗？

人习惯沉浸在情绪当中，丝毫没有想过要"向内看"。去体察一下，你内心正在想什么？你有什么感觉？你的情绪是否随着你的想法一起出现和消逝？如果你能对生出的"念头"加以觉察的话，那么很多困扰你的事，就不会发生。

从我开始质疑自己的想法那一天起，痛苦就停止了。我终于明白，让我痛苦的不是别人，而是自己。

很显然，产生某个想法前，我没有不开心；有了这个想法后，我便觉得闷闷不乐。这心情是怎么来的？是自己"想出来"的，不是吗？

## 09 / 快乐，随心所欲

> 我们是有选择，但不是全无烦恼。
>
> ——作家　约瑟芬·哈特约

生活中，您愿意选择快乐，还是痛苦呢？大家都会觉得多此一问，当然是选择快乐，谁会选择痛苦？

然而，事实真是这样吗？我发现人们似乎对痛苦比较有兴趣，人们可以为任何没有意义的事：愤怒、嫉妒、憎恨、每一个不幸、每一点小摩擦而牺牲掉快乐，所以怎么能说大家对快乐有兴趣？

　　当我这么说时，常有人提出异议："你有所不知。如果你知道我的处境，如果你也遇到同样的事，如果你有一个这样的老板，你有一个那样的伴侣，你就会理解我为什么不快乐。"

　　我的回答通常会让他们感到惊讶，甚至觉得受到冒犯。我是这样回答的："不论什么时候，如果你认为问题出在外在的人、事、物上，那这个想法本身就有问题。"

　　有些人会反问我："你的意思是，这全是我自己的问题？"

　　其实，我想说的是："不论生活有多不如意，别忘了你是自己的主人，没有人可以决定你的思绪和情绪，你永远都有选择快乐的权利。"人在每时每刻都会面临选择，你可以选择用什么观点来解释问题、选择用什么感觉来体会人生、选择用什么做法来处理问题。

　　爱情没有了，回忆起来是快乐多，还是痛苦多？很多人觉得失去了爱情当然是痛苦大于快乐，想起分手时刻的伤害，也让人心中作痛。但你也可以感谢对方曾经为你留下了甜蜜的时光与美好的回忆。

交通信号变了，后面有人对你按喇叭，你可能很气；但你也可以感谢对方按喇叭，让你知道交通信号变了。

有一句老生常谈说："你可以看到杯子里只剩半杯水，也可以看到杯子里还有半杯水。"你可以专注在生命里做错的事上，也可以专注在做对的事上；你可以关注自己拥有的，也可以关注自己失去的。你决定要快乐，你就可以找到快乐；你选择痛苦，就会找到痛苦的理由。

今天，你可能因为有工作要做而抱怨，但你也可以为有工作要做而欢喜。你可以选择对伴侣说句亲切的话，也可以摆张冷脸。今天，你可以因玫瑰有刺而抱怨，也可以感谢刺带有玫瑰花。你可以愤世嫉俗、怨天尤人，也可以选择接受生命中发生的每一件事情，从中找到力量与价值。

曾读到一位身患绝症的父亲写给女儿的信，因为他知道自己无法陪伴女儿成长，他想告诉女儿："无论如何，你可以快乐"。因为"快乐是一种选择，人们可以拿走你的东西或者你也可能失去健康，但你自己可以选择快乐"。

出生便罹患罕见疾病的丽莎·维拉斯维奎丝（Lizzie Velasquez）长期备受嘲笑，需要忍受路人异样的眼光，网络上甚至称她是"世界上最丑的女人"。

她说："其实你快乐不快乐，别人根本管不着，你的情绪好与坏，全由自己来决定。"

所以，不快乐的人应该自问："为什么我选择让自己不快乐？"而不是问："为什么世界让我这样不快乐？"

生活不会尽如人意，但如何看待生活却能随心所欲。

## 10 / 这不是你的错

往者不可谏，来者犹可追。

——《论语·微子》

　　参加朋友父亲的告别仪式，谈起过世的父亲，他一直无法释怀："当时，医生给了很多建议，大部分是要我们积极治疗。我们挣扎许久，最后还是决定再试试看，最后努力一下。结果，我们不仅没有挽回父亲的生命，还使他在所剩不多的日子里受尽折磨，又开刀，又化疗，又插管子……现在回想起来，我真的很后悔，很不忍心……"

每个人或多或少都曾为某些事感到后悔，有人自责是因为自己做错了决定，才会造成不好的结果；有人懊悔自己发现问题太晚，事情才会不可挽回；有人内疚自己对家人、对孩子疏于照料；有人则对自己所犯的错久久无法释怀。

某小区有两位年长的女性在同一个星期内去世，有人分别去探访了两家亲属。在第一个家庭，死者儿子说："我觉得母亲过世是我的错。我应该坚持送她去医院，才不致延误病情。我坚持的话，她今天一定还活着。"

之后那人又去第二家慰问。那一家的儿子也说："我觉得母亲去世是我的错，要是我没有坚持让她去医院就好了。到了医院，不仅要接受一连串的检查、治疗，环境她又无法适应，她才会吃不消。"

就像朋友的父亲，如果当初不救治，儿女们真的就不会后悔吗？不，如果不治疗，哪天病况恶化，他们又会后悔当初做错了决定。

人们总内疚地说："我真的不应该这么做。"但是亲爱的朋友，如果当时你真的知道自己应该按另一种方法做，你事后也会设想假如按其他方法做会不会更好。

我有一个学妹的姐姐，因忧郁症自杀了。学妹感到愧疚："我为什么没有看紧她一点？为什么没有离她近一点？我怎么会没想到她要自杀呢？"

"请别自责。"听完她的哭诉，我只能这样安慰她。

她没责任感吗？正好相反，人就是因为有责任感，才会觉得自责和愧疚。当我们觉得他人的痛苦与不幸是自己有责任去减缓或改变的，然而事实上却无能为力时，就会产生愧疚感。换言之，愈是容易愧疚的人，反而愈不需要愧疚。

我之所以会这么说，就是希望大家放下愧疚感！活在愧疚感里，就是活在监狱里。一个人可以因为十年前的错误而整整后悔十年，但除了自我折磨，这又有何意义？你终究无法回头。没有人能在事情发生之前就知道结果。既然不知道未来会怎样，我们又能怎么样？

放过自己吧！那不是你的错。你创造了愧疚，现在你必须丢掉它。走出牢狱，外面晴空万里。

ZI 自控 KONG

Part 3

乐活当下

## 11 / 看你有什么欲求

> 谁富有？乐天知命的人。
>
> ——《塔木德经》

贫穷是因为不满足。不管你是谁，只要你有不满足的心态，贫穷就产生了。比方说，你有一辆摩托车，但是你更渴望有部汽车，你就会觉得自己穷，对吗？

没错，骑摩托车并不算穷，但是当你渴望汽车时，你就是一个穷人。贫穷并不是因为别人拥有汽车而你没有，你的贫穷是因为你的心，是你的心创造出欲望，使你觉得自己匮乏，所以你是贫穷的。

什么是富有？富有与金钱无关，关键要看"你有些什么样的欲求"。

有人觉得富有是拥有一辆奔驰车，另一个人却认为要买一架私人飞机才算富有。富有的定义相当主观。

每年著名的商业杂志《福布斯》都会公布富豪名单，名列第七百名的富豪的财产，少说也有十位数的美元，那真是很大的一笔财富。但你认为当他看见自己的名字排列在第七百名时，会觉得自己富有吗？如果他看着名单说："唉，我什么时候才能排进前十名。"他会不会觉得自己穷？

反过来，如果我们认定的富有，是由感到幸福的事项来评定，像有和谐美满的家庭、有理想、有好友相伴、有健康的身体、有分享的能力……要变得"富有"其实不难。

曾读到一则文章：一位叔叔带着侄子到某肿瘤医院看眼疾，由于手术费太高，他们无力承担，只好沿街乞讨。某报记者获知后，就他们的处境写了篇报道刊发在报纸上，呼吁社会各界给他们帮助。

没想到的是，这篇报道刊出的隔天，就有许多人来报社捐款。更没想到的是，竟有一个失业工人领着自己残疾的儿子来捐款。报社记者采访这位失业工人，问他："为何在自己的生活如此窘迫的情况下，你还要去救助别人？"

失业工人说了一句发人深省的话："穷人再拿出一点来，还是穷人，这是不会改变的。不同的是，当我看到被救助的人眉头舒展开的那一刻，我感觉到了自己内心的富有。"

一个富豪，即使家财万贯，整天汲汲营营，因为财产未能达到他的期望额度而烦恼；一个身无分文的孩子，即使只有一片吐司，也分享给飞来的小鸟和游来的小鱼。这两个人之中，谁更富有呢？

真正的富有，不在于我们拥有多少，而在于给出多少。富有，不在于是否拥有傲人的财富，而在于是否拥有一颗满足的心。富有，不是体现在账户里的数字上，而是体现在脸上的笑容中。

所以，别再一天到晚想要这、想要那了。试想，你每天想着自己没有的东西，怎么可能觉得富有？当你不老去想自己欠缺的，又怎么会觉得自己贫穷？

贫富是由欲求多寡而定，幸福却是自己可以决定的。就让幸福成为"富有"的标准吧！毕竟，有钱的人未必是幸福的，但是，却没有一个幸福的人是贫穷的，不是吗？

## 12 / 生命最重要的时刻

眼前的喜悦，比晦暗不明的遥远美景更踏实。

——英国诗人  德雷登

人看起来好像是活在现在，但那不过是"看起来"而已，其实我们总是把人生延后到将来的某个时刻。等长大以后，等上了大学以后，等找到好工作，等结婚生子，等孩子都长大，等付完了房贷，等到退休……事实上，我们只是

"经过"现在，并没有活在现在。

我们坚信明天会更好，因此常常把生活寄托在明天之上。今天的生活也是为了明天做准备，生怕明天的生活会过得不好，生怕自己比别人差，还怕明天会后悔，所以我们从没有好好活在现在。

### 为什么要活在现在？

因为我们不可能活在其他时刻中。现在就是全部，未来在来到时，就是另一个现在。来临的总是今天，当明天到来的时候，它又成了今天。一千个、一万个明天也都是今天，它们都会以今天、以现在的形式到来。

你期待明天会更好，但是你记得你的昨天吗？如果你的昨天也在等待今天，如果你因为下一个目标而牺牲现在，又因为明天的梦想而牺牲今天，如此不断地牺牲下去——为明年而牺牲今年，为下辈子而牺牲这辈子，就会把一生都牺牲掉。

我认识一对"筑梦"的夫妻，他们在很久以前，跑到乡下买了上千平方米的土地，计划退休后，在那里盖间木屋,去过拥抱山林、吹奏田园交响曲的生活。最近这对夫妻的一位好友因心脏病猝然离世,享年五十七岁。他原本还在努力工作,努力存退休金,没想到却活不到退休那天。友人的猝死,让这对夫妻有了很深的感悟,他们意识到继续把时间投入在可能不会发生的未来上,实在荒谬。想要好好过生活,时机就是现在——一直都是现在。

捷克著名的文学家伊凡·克里玛说过:"未来是无法掌握的未知数,当下却可能稍纵即逝。"

生命中最重要的时间就是现在,就是此刻。如果你称当下这个片刻为"现在",那么,当你称它为"现在"的那个片刻,它就已经消失而进入过去,它已经不是现在。而那个你称之为"未来"的片刻,当你称它为"未来"时,它就已经变成现在,而且还在朝"过去"移动。

今天是一去不复返的一天,如果我们非要等明天才快乐,就会错过今天的美好。

在课堂上,我常以此提醒学生:作为一个医学生,我不会等到成为医生之后才会快乐;作为一个单身汉,我不会等到结了婚才开始我的生活;作为一个老师,我不会等到退休才开始享受人生乐趣。况且，想象中的那一天可能永远不会到来，我们为什么不"活在当下"？

如果我们非要等明天才快乐，就会错过今天的美好。

## 13 / 有什么，就享受什么

假如人家给你一杯香草冰淇淋，而事实上你喜欢的是巧克力口味，你会因为口味不是你希望的那样而生闷气，还是趁冰淇淋没融化，快乐地享受它呢？

我们常说："一切随缘！"随缘是什么？"随"是接受，"缘"是已存在的事实。简单来说，就是接受事物现在的样子，而非强求它成为你希望的样子。

明白这一点非常重要，因为世事总是无法尽如人意，想活得快乐，就要学会凡事随缘——"有什么，就享受什么"。

有个病人入院几周来，天天都在抱怨："病房空间太小、床垫太硬、餐饮不合口味、冷气不够强、隔壁床的病人太吵……真让人受不了！"她觉得很不满。

我问她："我知道医院有许多需要改善的地方，而你是否要等到全都令你满意，才会安定下来？"

到养老院时，我也发现了类似的现象。大厅里通常有两群人，一群人在那里下棋、玩牌，他们向进来的人打招呼，看起来愉快而且友善。另一群人则绷着脸，总觉得每个进来的人都有问题，他们还会向访客抱怨："这里的伙食像猪吃的一样！你有没有听说他们怎么乱花我们的钱的？你知道我儿子多久才来看我一次吗？"这群人总是满腹牢骚。

许多年来，我试着理解在快乐的人和痛苦的人之间、在乐观和悲观之间、在那些因压力而苦恼和轻松自在的人之间、在忍受生活和享受生活的人之间的差异。虽然有许多因素是不同的，但快乐的人都有一个相同的特质，那就是他们都比较"随缘"。他们不坚持世界要满足他们的每一个愿望，也不会为了世界没给他们想要的东西而生气。相反的，他们能很快就调适好自己，接受现实中所得到的结果。

　　一位印度心灵大师说过："你感到不顺心，那只是因为事情没有符合你的欲求。而事情从来不会符合你的欲求，它们不可能如此，事情只会按照它们的本性走。"是的，我们无须事事顺心才能快乐。不管面对什么处境，既来之，则安之；不管发生什么事，只要顺其自然，就能随遇而安。

　　前阵子学弟要买房子，看中的那间在十四号楼的第四层，他问我：你会介意住四楼的房子吗？

　　"随缘就好！"我说，"有的人反而喜欢住四楼，预示着'事事如意！'"

　　他又问："那十四号楼呢？"

　　我说："十四就是'一''四'，就是'一世'。你就想：'一辈子事事如意！'这个预兆不是很好吗？"

　　有什么，就享受什么。不管生命给予什么，若你都能找出属于自己的享受方式，那就是掌握了生活的艺术。

　　一切随缘吧！

　　　　快乐的人都有一个相同的特质，那就是他们都比较"随缘"。

## 14 / 人生转弯处

痛苦会过去，美会留下。

——法国画家  雷诺瓦

有时候，上天带我们走的路会让人觉得应该找个更好的旅行社。因为这条路一会儿在这里转个出人意料的弯，一会儿在那里爬座山，真不明白它为什么不按照我们想象中的那样，是一条好走一点的路。这条路上可抱怨的事太多了，例如：为什么没得到第一个应征的工作，为什么没通过甄选，为什么被公司开除或被配偶抛弃，为什么生这种病，为什么会发生这种意外……

想起一部旧电影，片名叫《意外的人生》，讲的是一位精明干练、为赢得官司一向不择手段的成功律师亨利（由哈里逊·福特饰演），因一次意外的枪伤，在事业的巅峰期受到重挫。但是，他也因此得以重新检视以前的自己，借由这次意外思考及体会到了生命中最重要的事情，因此改变了原本的人生观，找回了家庭的幸福。

是的，在一切顺遂的时候，你将很难看见自己的问题。只有在被困厄席卷的状况下，我们才能重新找到自己的定位。

有人认为生病是不好的，错了！其实疾病可以帮助我们把问题从外在拉回自己的身上。你没有注意到吗？很多人在生了一场重病之后，对生命的观点就全变了。他们不会再像以前一样糊涂地过日子。

有人因失恋、离婚、失业或发生不幸而感到悲伤，然而，我们若以更高的视野来看，就可以理解为什么会发生这样的事了。因为若不是这样，我们就不可能蜕变，就不可能看到人生的另一番风景。

　　回想一下，在你以往的旅行中，最令你心动的，是不是都是意料之外的那一刻？

　　或许是你不经意转进了巷弄里令人惊艳的咖啡店；或许是你因错过了该转弯的路口而行经某处不知名的小镇，结果发现世外桃源一般的美景；或许是你的车子因爬山爆了胎，所以你被迫留宿山区，却见到夜晚的满天星斗，收获了满满的感动。

　　若你错过了"A计划"，上天也许为你安排了"B计划"。老天给你的路障，若不是要你跳得更高，就是要你多绕点路，看看道路的迂回之美。

　　意外就像"山重水复疑无路"时，所发现的"柳暗花明又一村"；也像"行到水穷处"时，所看到的美丽云彩。我们在看人生的风景，我们也在人生的风景之中。

> 　　若你错过了"A计划"，上天也许为你安排了"B计划"。老天给你的路障，若不是要你跳得更高，就是要你多绕点路，看看道路的迂回之美。

## 15 / 放下那个欲求

　　知足永远不会穷；不知足永远不会富。

——《爱弥儿》

　　什么是满足，什么是不满足？满足就是拥有的比想要的多，不满足就是想要的比拥有的多。更明白地说，不满足就是想要求更多的心态，满足就是放下这种欲求。

　　我们常以为，若能得到更多的钱、更大的房子、更炫的车子或是更豪华的生活就会满足，但事实并不是这样。不论我们拥有什么，都一样会不满足，因为欲望的本质就是不满足。

你曾观察过自己的想法吗？你也许想买某套漂亮衣服想了很久，现在衣服穿在了你身上，你满足了吗？没有。因为你又想要其他的东西了，对吗？

每当你实现了一个愿望时，你会发现又有新的愿望出现了。每一个愿望都会衍生出更多新的愿望。也许你以为只要能拥有更多就能满足，那么，去看那些拥有名牌时装、百万珠宝、千万跑车、亿万豪宅、私人飞机的人，他们满足了吗？

相传有个盲人在路上跌倒，竟摸到了十元钱，但他不但没高兴，反而哭了起来。旁人不解地问道："你捡到了十元钱，应该高兴才是，怎么哭了起来？"

盲人回答说："我这瞎眼的，一跌倒就捡到十元，那些明眼的人，不知道捡到多少了！"

当你只有一元的时候，就想要十元，有了十元就想要一百元，然后又想要一千元……一次又一次的经验告诉我们，这个世上没有什么能彻底满足我们。

不满的由来，是不知道自己早该满足了。其实你已经拥有不少东西了，但你的心往往不在已拥有的东西上，而是一直在找寻那些还没拥有的。结果，你越去想自己欠缺的东西，就会越发沮丧，而越沮丧就越不满，总觉得不足。这是没有尽头的。

我听过一个关于小说家约瑟夫·海勒（Joseph Heller）的故事。某天他参加一个派对，有个人向他走来，指了指站在不远处的一个事业成功的年轻人，然后对海勒说："你看到站在那边的那个年轻人了吗？他一个月赚的钱，比你这辈子写的所有书赚得都多。"

海勒回答道："可是我知道我拥有一个他绝对不会有的东西。"

那人笑了出来："怎么可能？什么东西？"

海勒回答："知足。"

试着了解欲望是什么，你的不满又是什么，也许你会发现问题的本质。因为问题不在于"要怎么获得满足"，而是在于"如何放下欲望"。

没错，欲望越少，满足就越多。正所谓知足常乐。

> 其实你已经拥有不少东西了，但你的心往往不在已拥有的东西上，而是一直在找寻那些还没拥有的。

ZI  自控  K O N G

Part 4

调换视角

## 16／期望终归是期望

过度希望，便产生了极度的失望。

——阿根廷作家 博尔赫斯

"农场比我想的简陋，餐点又少！天哪！还有，那些人都挤来挤去，就像菜市场一样，真是让我大失所望。"孩子毕业旅行回来后，抱怨连连。

"怎么回事？"我问，"上回去露营，住宿环境也很简陋，餐点也不多，人群拥挤得更像菜市场，也没听你抱怨！"

之所以会大失所望，是因为期望太高，对吗？有时之所以抱怨连连，也并非因为坏事发生了，而是因为事情不尽如我们的预期。

不快乐，就是因为期望和实际之间的落差。

你满心期待："我要去旅游……我要找到好工作……我要大家都关心我……我要我先生常陪我……我要买那套洋装……我要孩子成绩优秀……我要拥有一栋房子……"这些都是我们所期望的事，可以写在一张清单上。但是，如果清单上的事都没有实现，你会有什么感觉？当期待落空了，你心中会起什么变化？

你就会痛苦，会感到挫折、恼怒、失落甚至绝望。曾经有机会升迁、获奖或是被提名却未获奖的人，应该都有很深的感触。那就是当知道自己落选之后，他们甚至比没机会或没被提名的人更失落。

有个女孩刚嫁到先生家时，原本大家相处得还不错，婆家因为她是新嫁娘，所以对她呵护备至。几个月后，大家认为她已经熟悉了环境，就没再花那么多心力去关心她，而她便开始怀疑大家是不是故意冷落她，从此对婆家的态度也变得冷淡，导致和婆家结下了许多心结。

她没想过，是自己的期望在让她不开心。

今天许多人的感情会不顺遂，也是因为有过多的期待。总认为别人应该如何对待自己，而当对方没有那样的时候，就会产生很多问题。

因此，任何时候，当你觉得失望、受挫，别忘了问自己：

这个痛苦是怎么来的？是不是因为我的期待过高造成的？

这个期望是谁定的？这个失望的人又是谁？

如果你曾静下来想过，你就会明白怎么回事——原来这都是你自己造成的。你一直把期望强加到别人身上，这就是你一再失望的原因。

拥有期望并没有什么不好，有时候，它是我们内在需求与愿望的线索；有时候，因为我们持续不懈地期待，使我们获得了更美好的结果。但是我们必须弄清楚，那期望是我们的，不是别人的，我们不该把自己的期待强加在别人身上。

其次，我们还必须明白，期望终归是期望，它很可能落空。如同莎士比亚在《结束得好，一切都好》中写的："期待是常常落空的，这一般是最确切的一面。"

你越能觉察自己的期待，就越能看到问题出在哪里。一旦放下期待，放下对结果的执着，我们的心很快就会平静下来。

> 任何时候，当你觉得失望、受挫，别忘了问自己：
> 这个痛苦是怎么来的？是不是因为我的期待过高造成的？
> 这个期望是谁定的？这个失望的人又是谁？
> 如果你曾静下来想过，你就会明白怎么回事——原来这都是你自己造成的。

## 17 / 看见更大的世界

在某个禅寺里，有一位禅师负责教入寺体验修行的香客凡事要放下。那次禅修一共十天，从早上六点开始到晚上十点结束，每四十五分钟打坐结束后，就开始另外四十五分钟的读经课程，唯一的休息时间是用餐时间。

在禅修大厅，大家不是坐坐垫，就是坐在小凳子上，每一天学员都要回到一开始选定的位置就座。到了第六天，学员在用餐时，禅师重新安排了坐垫和凳子的位置，等学员回到大厅时便出现了骚动。几乎每一个人都起了执着心，因为他们已经习惯的座位被改变了。他们之前花了许多时间来学习"放下执着"，但禅师仅花了片刻，便让大家看到了自己其实还是很执着。

什么是执着？"放不下"就是"执着"。

相信很多人童年都玩过一个游戏，在游戏中，每个人都要在背景音乐中绕着排成一圈的椅子走。当音乐停止的时候，大家必须抢一张最靠近自己的空椅子坐下来。如果你在玩游戏的时候，发现离自己最近的椅子被别人抢走了，你会不会赶快四处搜寻，找另一张空椅子？如果你动也不动，只是一直为那张自己想要的椅子被别人抢走而生气，那么，你肯定无法享受游戏的乐趣，而且很快就会被淘汰出局。

执着就像坚持要坐特定的座位一样。事实上，当你执着的时候，执着本身就是问题。不管你执着的是什么，是想获得某个职位、想跟某人在一起，还是想要得某个奖、得到某个东西，都一样。一旦你开始执着，就很容易把心思放在得不到的东西上，看不到自己拥有的东西，也看不到其他的选择。人一旦变得执着，很容易患得患失，心里承担压力，也会耗费大量的精力。

我们想得到的东西，反而会控制我们的生命。

有一则小故事：一只狐狸把手伸进了装满鸡蛋的陶罐里，而抓了鸡蛋的手，怎么也拔不出窄口的陶罐。但是，狐狸无论如何也不愿意放掉那颗鸡蛋，最后就被抓住了。

所以，如果你有什么"放不下"的东西，你就必须先深入内在，去看看究竟是它们抓住了你，还是你抓住了它们？能够看清这点非常重要。

一位智者说："如果你放下一点点，就能获得一点点平静；如果你放下许多，就会得到许多平静。"

我们该学习的，并不是如何将人生掌控得更好，而是如何放手。学习放下执着，也就是学习塑造自在的人生！当你真正学会放下，就会发现在你的眼界之外，还有更大的世界。

## 18 / 其实是贵人

真正的敌人会赋予你无尽的价值。

——卡夫卡

你讨厌那个人，然后你在心里咒骂他，其实你是在骂他吗？如果他根本不知道你在骂他，其实你就是在骂自己。

你很气某人、很憎恨某人，你不想让他好过，但诅咒究竟让谁不好过？是自己，对吗？因为在你恨任何人之前，你都必须先在自己的内在产生"恨"的毒素。唯有你先拥有某样东西，你才能将这样东西给别人；唯有你先充满愤怒，你才能发怒。所以，在伤害别人之前，你已经伤害了自己。

心系仇恨、一心想报复的人，很少静下来想过，这就等于把自己贬低到和对方同样的地位，而对方是自己一开始就厌恶的。如果你屈服于自己的敌意，就变得和对方一样恶劣了，这才是敌人对你最大的伤害。

在科幻电影《星球大战》（*Star Wars*）里有一幕，是路克天行者（Luke Skywalker）在面对黑暗大帝时怒不可遏的情景。他开始辱骂黑暗大帝，还说将会永远对抗黑暗大帝邪恶的行径。

黑暗大帝说："好的，你尽管愤怒，你尽管痛恨我。因为只要你对我生气，只要你痛恨我，你就站在了我们这一边。"这句话富含的深意是：与人为敌是非常危险的，因为慢慢地，你和敌人会越来越像。

一旦你与某人对抗，很显然地，你会以牙还牙，你会与敌人使用同样的手段，说同样的话，做同样的事，然后变成与他同类的人。这个过程看似是你以其人之道还治其人之身，结果却是你变成了你讨厌的人。

所以，要"慎选敌人"。有人说，看一个人的底牌，要看他身边的好友；看一个人的身价，要看他的对手。想起一位朋友就是用成功来报复以前的老板，让他清楚自己失去的是何其珍贵的人才。这就对了，千万别自贬身价。

德语小说家卡夫卡说："真正的敌人会赋予你无尽的价值。"我完全同意这个观点。掌声容易使人迷失自我，舒适、安逸容易让人斗志减退，真正能激发潜能的，常常是那些我们最痛恨的人。就是这些敌人，才使我们变得坚强、勇敢，让我们认识自己和看清别人。

迈克尔·乔丹也许是NBA（美国职业篮球联赛）史上最伟大的球员，对于能有不朽的成就，这位"篮球之神"说："我最感谢的就是过去那些不看好或是阻挡我的人。"敌人其实是我们的贵人，我们应该反过来感谢他们。

当美国南北战争打得最激烈的时候，敌对双方对彼此的仇恨空前高涨。某议员批评林肯总统对敌人的态度："你为什么要试图跟他们做朋友呢？"他质问道，"你应当想办法消灭他们才对。"

"我难道不是在消灭敌人吗？"林肯温和而睿智地说，"当我将敌人变成朋友时，我们的仇敌就全都被消灭了。"

要做到这样很难，那是因为我们才是自己最大的敌人。

> 掌声容易使人迷失自我，舒适、安逸容易让人斗志减退，真正能激发潜能的，常常是那些我们最痛恨的人。

## 19 / 只看到黑点

生命是从缺憾中获取完满的一种艺术。

——爱尔兰诗人　威廉·勃特勒

　　人生总是在美好中带有缺憾，就像漂亮的房子也会有蟑螂一样。要是没有这些蟑螂该有多好！但是，现实生活并不会照着我们想要的样子出现。你可能很开心地得到了朝思暮想的礼物，却发现里面有瑕疵；你可能很兴奋地被录用后，才知道这工作的辛苦；你可能遇到了很好的先生，公婆却对你不好……生命中总是有一些不完美，但如果你因这些缺憾而挂心，就好像试图让房子里的蟑螂都消失一样，最后反而满脑子都是蟑螂。

美好的人生并不是指没有问题的人生，重点是要学会接受缺憾，学会欣赏缺憾中的美好。当你不再要求完美，那么当下就是美好的，不是吗？

有一对夫妻感情一直不好，天天互相说对方的不是。

有一天一位老师到他们的家里，他们把自己家庭的问题告诉了老师，希望老师能帮助他们。

老师当时没有说话，只是拿来一支笔并在一张白纸上点了一个黑点，然后问他们："你们在这纸上看到了什么？"

他们说："我们看到了一个黑点。"

老师又问："除了黑点，还看到了什么？"

他们回答："纸上就只有一个黑点啊。"

老师叹道："唉，黑点外的这么大片的白色你们没有看到？为什么眼睛只看到纸上的黑点？"

关系不好，是因为他们只看到了对方的不好。人会平庸，是因为人们忙于修正缺陷，却忘了发挥特长；人生很难顺心如意，是因为事事都想顺心，又怎么可能全都如意？

你没发现吗？所有追求完美的人，过得都不怎么美好。

有人五官端正，只是鼻梁不够高，要是他很在意，那就成了缺憾。有人婚姻美满，但是没有孩子，如果他们认为没孩子是缺憾，就会觉得人生不够圆满。还有些人已经有了孩子，但是他们认为"要生个男孩或女孩"才最好。结果若非所愿，缺憾也会由此而生。

我认识一对老夫妻，他们的几个孩子分居各地，一家人难得团圆，他们常为此嗟叹。但他们没体悟到：若不是相隔遥远，又怎么会彼此珍惜？若没有因分离而产生的思念，又怎能领略相聚的幸福？

月亮有时圆、有时缺，但是，你不会说月亮是不圆满的，对吗？

美好，不是没有缺憾；缺憾，也可以是美好的。正因为人生有缺憾，才让人怀抱着希望。月有阴晴圆缺，但月依然是美的。真正美好的人生，是从缺憾中领略到的。

> 美好，不是没有缺憾；缺憾，也可以是美好的。正因为人生有缺憾，才让人怀抱着希望。

## 20 / 注意你喜爱的

不记阴，不记雨，只记晴天。

——安特梅叶

你在生活中寻找什么，你就会发现什么。你走在路上，怕踩到狗屎，那么，你就会沿路发现许多垃圾和狗屎；你很厌恶随地吐痰的人，那么你在街上一定常常会看见这样的人，甚至有人在百米之外吐痰你都会注意到。

　　你可以做个实验：看看你的周遭，试着注意所有蓝色的东西。认真地找，记下来之后，请闭上你的眼睛，然后回想一下刚刚你记下的——所有绿色的东西。看看你可以说出几样？

　　好，现在睁开你的眼睛，再看看你是不是漏掉很多绿色的东西？为什么？

　　"因为你要我找蓝色的东西，而不是绿色的。"答对了，这就是我要说的重点。你要找蓝色的，所以你就只看到蓝色的，而忽略了绿色的。你的人生也是这样。

　　有个初入职场的学生告诉我，她发现社会很现实、很黑暗，不论去到哪里，几乎都可以发现人性的险恶。她想不通，为什么每个人都在做表面功夫、耍心机？

　　我跟她说："每当我们注意什么，就会在自己的生活当中发现更多相关的事实。这个社会有些人心确实是险恶的，但善良真诚的人也不少。只是，由于你的意识专注于黑暗面，结果所到之处，就会一再觉得只遇到了险恶的人。"她听了，感到非常惊讶，但也点头承认我说得对，因为她有几个朋友也在职场，却没有跟她一样的遭遇。

我想起一首很老的诗："两个囚犯从监狱的铁窗望出去，一个看到泥泞，另一个看到星星。"

如果老专注于厌恶的事物，就会一直心情烦闷；如果老专注于险恶，就会永远活在恐惧里；如果老选择去看生命中失去的部分，就会永远活在沮丧当中。生命的质量决定于注意力的质量，你所注意的东西将会成为你生命的重点。

某天夜里，我在写书，太太突然说："你有没有听到冷气有怪声？好吵！"我仔细一听，果然听到阵阵呼呼呼的气声。怪的是，没注意则已，一开始注意，那声音就愈来愈清晰，以至于后来我也觉得好吵。其实，若不是太太提醒，我本来根本没有听到那个声音。

想法会随着注意力而滋长，你对自己的想法投以愈多注意力，这想法便会在你心中愈加扩大，也愈显得重要。

所以，你必须经常这么提醒自己："我现在把自己的意识专注在什么地方？"并问自己："这些意识会为我创造什么？"

如果你想活得开心，记住，"把注意力放在你'喜爱的'，而不是你'厌恶的'事物上"。

> 两个囚犯从监狱的铁窗望出去，一个看到泥泞，另一个看到星星。

ZI  自控  KONG

Part 5

客观思考

## 21 / 那不是真正的他

偏见是无知的孩子。

——英国作家 哈兹立特

人是经验的产物，我们对事物的看法，经常是被自己过去的经验限制或扭曲的，所以大部分人对事物的评断并不客观。麻烦的是，主观意志愈强的人，偏见愈深。于是，人与人之间的误解、冲突与猜忌，也于此产生。

某中学的老师对他的两个学生一向抱有很深的偏见。在他心目中，一个是品学兼优，另一个则是无可救药。

一天，两个学生都在教室自习，都拿着书睡着了。某老师打醒了那个他认为很坏的学生，骂道："你这懒鬼，拿着书就睡着了！你瞧瞧人家！睡着了还拿着书。"

偏见就是对事情的预先判断。比如，我们常说："这学生很混。""他是个好人。""我的老板很爱钱。""男人都不能信赖。"不单如此，我们还习惯揣测别人做事的动机。例如，某位先生很久没有向太太献殷勤了，这天下班途中为太太买了一束鲜花。回到家中，先生将鲜花交给太太，太太却一脸狐疑地问："你是不是做了什么亏心事？"而先生聚餐时，太太突然打电话来关心，先生也很不开心："你打电话来查岗吗？"一旦对人有了成见，不论对方做了什么事，都会有先入为主的看法。而这就是评断的本质。

主观的评论只会产生更多主观的评论，以预判为很混的学生为例，你可能会继续想下去：他会考试不及格，会变成不良少年，会遭到学校退学，会找不到工作，后来会自甘堕落，会犯罪，会染上毒瘾……你几乎可以无止境地想下去。

有两个女人，坐在同一张桌子喝饮料。其中一个，把雨伞靠在桌边，而另一个在喝完饮料时，迷迷糊糊的，顺手拿起雨伞就走了。

雨伞的主人大声喊道："喂！你拿了我的雨伞。"

前面那个女人一脸尴尬，红着脸向对方道歉，说是忘了自己没带雨伞，一时误拿了。这件事，让她想起需要买把雨伞，顺便也买一把给孩子，于是她便去买了两把。回家的路上，她正巧又跟那位之前被她误拿雨伞的女人坐在同一辆公交车上。

那女人注视着两把雨伞，说："我看你今天的成绩还不错嘛！"

我们很容易就对别人做出了论断，但那并不一定是人们真实的样子。突然发了一顿脾气并不代表此人就脾气暴躁；偶尔对你好的人，也不代表他就是好人；上回分配工作，你正好没空分担任务，也不表示你自私自利；单看一集，也无法一窥连续剧的全貌。

在我跟学生讨论个案的时候，我常常刻意挑战他们对某人的行为举止所做出的评断，然后，要求他们再想一想是否还有其他可能的解释。比如有位学生说某位老师对她很冷淡："他是在敷衍我。"

"是谁告诉你的？"我问。短暂停顿后，她羞怯地回答："是我猜想的。"

"你很确定吗？"我问。

"不确定。"她笑了。

所以，你要做的就是，时时反问自己："我确定吗？"把那些原有的"事情就是这样"的论断，改成"这只是我的看法"。

要记住，大多数人并不了解你，反过来说，你也不完全了解那些人，既然如此，我们就不该轻易地去论断他人。当然，也别太在意别人的评断。

## 22／要回自己的力量

　　长久以来，人们一直把错误归咎于他人："我的企划案行不通，要怪同组的其他人都不肯帮忙。""我没做完功课，是因为一直有人打电话来浪费我的时间。""我吃得太饱，都怪老婆做了太多饭。""我犯了罪，那是因为魔鬼引诱了我。"错的总是别人。

　　老王做事总是心不在焉，这天他刚从游泳馆回家，他的妻子吃惊地发现，他只穿着内衣。

　　"你的衬衫哪去了？"

"噢，衬衫？一定是有人在更衣室把衬衫拿错了！"

"可是别人的衬衫呢？我看你也没穿啊！"

"可恶！"他生气地说，"那个人一定是个心不在焉的家伙——竟然没有把他的衬衫留给我！"

为什么要怪别人？说穿了就是因为不愿负责任。人若不想负责，就会开始怪别人。

"责任"是一个被误解的词，大多数人把它用于指责。"谁应该负责？"意味着"这是谁的错？谁应该承担惩罚、后果？"

事实上，责任与责难之间是有差别的。当我们说到负责任时，是让我们看到自己是可以对这件事有影响力的；而当我们责难别人时，则是把主动权放在别人身上，表明自己只不过是无助的受害者。

有个女主人对来应征的女佣说："你能做得长久吗？目前从资料看来，你已经离开过不少地方了。"

女佣："是的，太太，但我离开那些地方，都不是我愿意的呀！"

做一个受害者从某方面来看是不错的，因为责任都在别人身上。然而，这么一来，整个思维方向就错了，你会开始只在别人身上找原因。如果问题出在别人身上，你能怎么办？你也"无能为力"，对吗？

要想拿回自主权，就要明白一件事："不管我身上发生了什么事，我都有绝对的责任。"

拿出一张纸，中间画一道线，在左边请你列出使你不愉快的人或事情并以数字依序排列。

右边是预备给你写字用的，开头都是"我应为此负责，因为……"，以下的由你去填写。填写每一件烦心事的原委都请坦白、真诚并说明为什么你该为它负责。

无论你的生命中发生了什么事，你都有责任。一旦你有了这种认知，突然间，你的焦点就会从外转向内，你将学会向内求索——当你把指向别人的手转过来指向自己，你就从别人手中要回了自己的力量。

## 23 / 怕别人看不起

爱慕虚荣的人，用富丽的外衣遮掩丑陋的内衣。

——莎士比亚

什么是虚荣？看看大家对外貌、服饰、化妆品、手提包、新手机、名车或豪宅……的追求，就不难理解了。那神经质般的执迷，哪怕"打肿脸充胖子"，为了得到赞美；为了能让别人投来羡慕的眼光，即使付不起钱，也要想办法去买。

美国传奇牛仔、演员威尔·罗杰斯调侃说："太多人花掉了他们没有赚到的钱去买他们不需要的东西，然后去跟他们不喜欢的人炫耀。"

我认识一对夫妻，他们都享有高薪，拥有舒适的家和两台车。几年下来，也累积了不少积蓄。

有一天他们经过一个豪宅区，看到每户都配有电梯和花园。他们想："要是能拥有这种梦想中的房子，亲友们不知会多羡慕。"于是，他们就在这里买了一栋房子。

住进去之后不久，他们很快就发现邻居出入都开着名车，身上穿的都是名牌服饰。邻居的朋友也开着名车，从头到脚也都是名牌。所以，这对夫妻也给自己买了昂贵的车子和衣服。可是，不管他们花了多少钱，都觉得自己比不上邻居。

这压力最终导致这对夫妻之间出现了问题。因为他们现在必须加班才能够支付开销。他们为了钱争吵，对彼此感到生气，还闹到想离婚。

这对夫妻给我的启示是，不要拿别人的生活方式来衡量自己的生活，因为这样做绝对没有意义。比如这对夫妻，纵使他们已经很有钱，还是有人比他们更有钱，过得比他们更豪华。这种追求是无止境的。如果我们硬要追求自己负担不起的东西，只会让自己变得不快乐，甚至变得不幸。

有道是，山外青山楼外楼，比来比去何日休？

年轻的时候，我们忙着打工存钱、买摩托车，之后贷款买了国产车，然后又开始羡慕别人呼啸而过的进口车……只要你留意看你自己，就会发现你的欲望一直在驾驭你。看看你柜子里的衣服、包包、鞋子，你可能觉得还缺了些什么。但比起你在学生时代所拥有的，现在已经多出很多了。为什么你还不满足？

是因为虚荣心，对吗？虚荣说穿了就是心虚。表面上追求面子，深层心理其实是怕被别人看不起。往往越没钱的人越爱装阔，然后形成一个跳不出贫穷的恶性循环。

这些年你有没有发现，你的快乐越来越少？这并不是

> 你的快乐越来越少？这并不是因为你缺少什么，而是因为你想要的东西越来越多。

## 24 / 简单点，简单点！

过简朴的生活很难，但替代方式更困难。

——理查·弗斯特

现代人之所以烦恼多，是有原因的。因为我们生活的重心都放在了形式上，而不是本质上。

什么是本质？以生活来说，食、衣、住、行等基本需求是本质，超过基本需求的都是形式。比如我们在意自己担任什么职位、开什么车子、住什么地段、吃哪家餐厅、用什么品牌……多少人都本末倒置了。当我们汲汲营营地把生活包装得更美丽耀眼时，无非是希望生活过得更好，却没想到若能少争一点、少求一点，日子可能会过得更好。

某天，几个同学去拜访大学时的老师。老师问他们生活过得怎么样，结果学生们纷纷大吐苦水：工作压力大呀，生意难做呀，仕途受阻呀，生活烦闷多呀……

老师笑而不语，从房间拿出许多杯子。这些杯子各式各样，有陶瓷的、有玻璃的、有塑料的，有的杯子看起来高贵典雅，有的看起来粗陋低廉……老师说："都是我的学生，我就不把你们当客人了，你们要是渴了，就自己倒水喝吧。"

大家已经说得口干舌燥了，便纷纷拿了自己中意的杯子倒水喝。等大家手里都端了一只杯子时，老师讲话了，他指着茶几上剩下的杯子说："大家有没有发现，你们挑选的杯子都是最好看、最别致的杯子，而像这些塑料杯就没有人会选中它。"大家并不觉得奇怪，谁不希望手里拿着的是一个好看的杯子呢?

　　老师继续说: "这就是你们烦恼的根源。大家需要的是水,而不是杯子,但我们有意无意地会去选用好的杯子。这就如我们的生活——如果生活是水的话,那么工作、金钱、地位这些东西就是杯子,它们只是我们用来盛起生活之水的工具。杯子的好坏并不能影响水的质量,如果将心思花在杯子上,你哪儿有心情去品尝水的甘甜? "

　　人们买了许多不同品牌和风格的杯子,不论它们有多名贵、多精致,如果我们忘了里面的茶才是根本,杯子就失去了意义。

　　美国作家梭罗最脍炙人口的作品《瓦尔登湖》中有句话: "简单点,简单点! "他发现当生活上的需要简化到最低程度时,生活反而更充实。因为他已经无须为了满足那些不必要的欲望而使心神分散了。

　　你是否也发现了,那些生活简单的人过得都比较快乐。他们拥有的不是"物质"上的富足,而是"本质"上的富足。富足的人生并不在于物质上拥有什么,而是在于要了解自己真正的需要。这样才不会这个也要、那个也要，变成物质的奴隶。

看到小朋友只是拿着气球就可以很快乐地到处奔跑，我发现原来快乐可以很简单……回归本质，当生活简简单单，需求简简单单，问题自然也简简单单。

少争一点、少求一点，日子可能会过得更好。

## 25 / 只要你去跟人比

人应该谦逊，但不能自卑。

——作家　桃乐丝·卡内基

　　你是否发现，我们每天都会碰到一些事情，它们会悄悄夺走我们的自尊。拿起一本杂志，你就会看到，有些人看起来比你漂亮、比你健壮、比你穿得讲究。看看你身边，也总有人比你聪明、比你能干、比你有才华、家境比你好。事实上，不管你是谁、拥有什么、有何种能力，总有人在某方面胜过你。只要你去跟人比，就或多或少会有自卑感。

　　就拿写作来说，我很羡慕小说家。我有位朋友写的小说还被拍成了电影，我当然希望自己能像他一样，但我必须对自己诚实，他的书不是我会写的类型，但这不代表我就不该写。

　　想想看，难道你必须先知道你的画会是"最美"的画，你才能拿起画笔开始作画？难道它不能只是一幅画，或是另一种美的表达吗？

　　同样的，我们每个人都有自己独特的天赋。你可以是擅长家务的主妇，也可以是杰出的管理者，还可以是敏锐的分析师或想象力丰富的小说家。我们应该向内探索，了解自己是什么，而不是别人会什么。

　　在人生的道路上，每个人走的是不同的路，根本没有谁比不上谁的问题。你是你，而他是他，你们是不相同的，又如何比较？

某天，有位学者去见一位智者。这位学者非常有名，但是，当他跟智者谈过话之后，突然觉得自己很卑微。

他感到不解："为什么我会觉得自己卑微？在来你这里之前，我原本非常有自信，为什么现在我会觉得比起你，我实在微不足道呢？"

由于每天都有很多人来向智者求教，于是他说："这样吧！等其他人都离开了，我再回答你。"

到了晚上，所有人都走了，学者便问："现在你可以回答我了吗？"

"我们到外面来。"

那是一个满月的夜晚，月亮皎洁明亮。

智者说："你注意看那些树，这棵树高大得直入云霄，但是它旁边这一棵很小。它们在我的屋旁已经很多年了，从来没有问题，那棵小树不会对大树说：'为什么我在你的面前会觉得比较卑微？'这棵树很小，那棵树很大，为什么它们如此自在？"

那位学者说："因为它们不会比较。"

大师回答："那么你不需要问我就已经知道答案了。"

俄国作家契诃夫比喻得妙："有大狗，也有小狗。小狗不该因为大狗的存在而心慌意乱。所有的狗都应当叫，就让它们各自用自己的声音叫好了。"你就是你自己，当你不再去比，何来自卑呢?

ZI 自控 KONG

Part 6

反思表达

26 / 说的就是自己

　　那个人为什么这样对你？你百思不解。为什么他会有那种表情？为什么他会说那些话？为什么他会用这种态度？一连串的疑问搞得你心情烦闷。

　　事实上，令你困惑的那些人就跟我们认识的多数人一样，他们并非绝对理性，他们的内心可能充满自私、偏见、嫉妒、情绪，甚至喜欢吹毛求疵。这是大家首先必须明白的，不管人家怎么对你，都与你不太相干——而是与他们自己有关。那不过是他们的一种自我投射，你不必想太多。

以前我曾责怪一个自私的同事："你真是不负责任。"然后他这么回敬我："你是在说自己吧！"

现在我明白了，他是对的，那只是我的"自我投射"——我的确也不想负责任。

人们常常不自觉地将自己的特点归到别人身上，以己度人。比如，自己喜欢说谎，就认为别人也总是说谎；自己喜欢的事，以为别人也喜欢；心地善良的人，就会以为别人都是善良的；而敏感多疑的人，则往往会认为别人不怀好意……心理学家称这种现象为"投射效应"。

"投射效应"表明，我们可以从一个人对别人的看法来推测这个人的内心。而关于"投射效应"，有一则大家熟知的故事。

苏东坡和佛印面对面打坐，苏东坡问佛印："你看我坐着的样子像什么？"

佛印说："我看你宝相庄严，像一尊佛。"

苏东坡大喜，故意损佛印说："可是我看你却像一堆牛粪。"说完他哈哈大笑，佛印却只是笑而不语。

　　苏东坡自以为占了上风，回家对妹妹炫耀："每次都被佛印在口头上占便宜，今天我总算扳回一城。"但苏小妹问明原委后，叹气道："哥哥你错了。因为佛印心中有佛，所以说你像佛。你心中却只有牛粪，所以才会把他看成一堆牛粪。"


　　你看别人是什么，就表示你也是什么。别人是一面镜子，自己才是镜中人。

　　小时候常被欺负或责骂的人，他们会厌恶自己，但他们不会看着镜子对自己说："我厌恶你。"可是，他们会走向你，对你说："我厌恶你。"他们会以种种你完全无法理解的方式对待你。

　　为何你会无法理解别人对待你的方式？因为他们在"投射"自己，因为那是他们自己的问题。如果有人厌恶你，那是"他的问题"；如果他不可理喻，那是"他的问题"；如果他对你恶言相向，那仍是"他的问题"。你不会那么了解别人的内心，也不会知道他们过去的遭遇，对吗？

在生活中，我们总会发现，抱怨最多的人，往往也是最爱为别人找麻烦的人。喜欢道人长短的人，他们自己的心态也都有问题；而当一个人心存邪恶时，就很容易看到别人的错误。所以，责备别人的人，才是真正需要被责备的人。

当你讨厌某人，用一些不好的言辞尽情批评他的时候，也要注意了，你说的其实是自己——来说是非者，便是是非人。

## 27 / 人红是非多

死狗是没人踢的。

——美国俗谚

妻子问："你觉得在这个世界上，哪个人最完美？"

丈夫回答："当然是你。"

妻子乐在心里，问道："怎么说呢？"

丈夫说："因为其他人都被你批评得一无是处啊！"

从这段对话里面可以看出什么呢?

批评通常是在暗示自己比较好。当一个人骂另一个人没道德时,那就表示他自己有道德;当一个人嘲笑别人没知识时,就是在暗示他自己有学问;当某政治人物骂另一个政治人物无能时,就等于宣扬他自己能力较强;当一个员工骂另一个员工很不负责任时,那就表示他自己比较负责尽职。这就是为什么人们喜欢批评多于赞美。

被批评并不是一件坏事。别人讨厌你,往往是因为在意你,也可能是嫉妒你。受到批评最多的人,在一国之中,往往就是总统;在学校就是校长、主任;在公司就是经理、主管;在娱乐圈,只要有人气自然会受到人群、媒体关注,当然八卦也多。所以,如果你得到器重或升迁,不要讶异于批评会从四处冒出来。

"拜托,他根本没能力,"有人可能会说,"他最会做表面功夫,只会讨好上司。"但是,你认为自己只要安分守己,对方就会满意吗?事实上,那很难。想化解所有的批评就好比企图消灭全世界的蟑螂。

《法句经》中写道："世上绝对没有只受人非难或只受人赞美的人；过去不曾有，现在不可能有，将来也不可能有，这是亘古不变的事实。"

"沉默会受到非议，多嘴会受人指责，即使寡言也不能免于见责。所以，世上绝对不存在没有被人非议过的人。"只要你表现出众，就一定会被评论，你最好趁早习惯。

有一个名叫苏菲的画家，她热爱绘画，但所有的当代评论家都批评她，每个人都告诉她："这里不好！那里不对！"

她开始对这些人感到厌烦，所以，有一天，在她的房子前面，她把自己所有的画都悬挂起来，然后邀请所有的评论家带着画笔、颜料前来纠正她的画作。她说，他们批评得够多了，现在是他们可以进行修改的时候了。

结果，没有任何一个评论家出现。

批评是不需要天分、不需要才华、也不需要人格的。批评别人容易，而自己要做则是困难的。批评表演者很容易，自己上台表演就很困难；批评作品很容易，自己创作就很困难；你可以批评毕加索的画，但你不能像毕加索一样去画。

　　你不会因为批评别人没水平，就变得有水平，对吗？

> 　　被批评并不是一件坏事。别人讨厌你，往往是因为在意你，也可能是嫉妒你。

## 28 / 不说最后一句话

路要让一步，味须减三分。

——《菜根谭》

　　如果你去问两个正在争吵的人，冲突是如何发生的，往往会听到异口同声的回答："是'他'先开始的！"然后，继续听下去，你往往也会听到："但是我会这样做是因为他……"接下去是："可是我会那么说是因为他……"这种鸡生蛋、蛋生鸡的争论通常是没完没了的。

你对我口出恶言，我就对你恶言以对；你对我冷言冷语，我就对你冷嘲热讽……"火势"一旦蔓延开来，就很难扑灭。

某个公司有一个好斗的女孩，很多同事在她主动发起攻击之后，不是辞职就是请调。一天，她的矛头又指向了一个平日只是默默工作、话并不多的女孩子，谁知那个女孩在她的语言攻势下只是微笑以对，一句话也没说，只偶尔问一句："啊？"最后，那个好斗的女孩只好主动鸣金收兵，但也已气得满脸通红，一句话也说不出来。

过了半年，这个好斗的女孩子竟主动辞职了。

你一定会说，那沉默的女孩子修养实在太好了，但其实不是这样，真正的原因是那个女孩子听力不太好，所以虽然不至于理解不了别人的话，但总是要慢半拍，而当她仔细聆听对方的话语并思索话语的意思时，脸上就会出现无辜、茫然的表情。于是，别人对她发作那么久、那么费力，她回应的却是这种表情和啊的一声，难怪斗不下去。

"吵"字，是"口"和"少"的合并，正是提醒大家，少说一句。

有个老师告诉我，以前有几个小学六年级的同学，突然吵了起来——而他们原本已经做了好几年的朋友。于是，老师把这几个人叫去问话。但他们竟然也说不出为什么会吵架。

"好吧，"老师说，"你们为什么吵架其实并没有那么重要。现在，你们有三个选择：继续争吵、不要再理对方或是和好做朋友。"

他们互相讨论之后，选择不再理对方，也很高兴可以不用再吵架了。到了快放寒假的时候，他们又决定重新做朋友。

吵架是一个人绝对吵不起来的，只要其中一方不愿意吵架，拒绝合作，一个巴掌永远也拍不响。

有位朋友说，他父母结婚四十多年，经常意见不合，但从不大吵大闹。我问这有何奥秘，他说他父母有个协定，当一个人大吼的时候，另一个就静静地听着。这样一来，大吼者就像气球被扎了一针，气就全被放光了。

试试看，只要你"不说最后一句话"，纷争自然会结束。

　　"吵"字，是"口"和"少"的合并，正是提醒大家，少说一句。

　　试试看，只要你"不说最后一句话"，纷争自然会结束。

## 29 / 站在对方的立场

　　理解一切，就会宽容一切。

——法国谚语

　　如果你问人们为什么生彼此的气，常常争吵，得到的回答多半是："因为我们看法不同。"但是，看法不同为什么就要争吵，这个问题你想过吗?

　　认为自己正确并不是错事；但如果认为别人都是错的，

却是不对的。每个人都有自己的想法，如果一厢情愿地认为："我认为应该这样，别人也应该认为这样。"这就是问题所在。原本你想沟通，但你若太坚持自己的看法，就会引起争执；你想改善关系，但你愈是想把配偶、子女、朋友变成自己想要的样子，关系往往就会愈不合、疏远。

有位朋友跟儿子的关系不好，他感叹："真搞不懂他在想什么，他都不听我的话。"

我问："你是说，你儿子不听你的话，所以你不了解他？"

"对啊！"

他显然没听懂我的意思，我只好明说："难道了解一个人，不是你听他说，而是他听你说？"

表达想法，是为了让别人更了解你。表达，但别强迫人接受。这两者是有很大差别的。许多关系中的问题就在于过于强迫别人接受自己的观点。

"对方为什么不理解我的想法呢？为什么不能按照我希望的那样去做呢？"如果从这样的心态出发，是解决不了问题的。因为那不是在理解对方，而是在满足自己的要求。

　　要想改善关系，就必须站在对方的立场、以对方的方式看世界。当孩子的也一样，我们老是对爸妈说："你们不了解我，没有人了解我。"可是你有没有想过，或许你也不了解他们?

　　理解别人并不意味着必须赞同他的观点，而只是表示你能够用另一个人的角度、心灵看这个世界。要记住，尽管我们见解不同，也要承认双方的观点一样重要。

　　其次，我们都应该承认，别人的感觉是真实存在的。换句话说，不要排斥或否认别人的恼怒、恐惧、悲伤等感觉；而是要理解这些感觉以及对方的想法。

　　想想看，如果我认为我的感觉很重要，对别人来说，他的感觉不是一样重要吗? 就像我不喜欢别人对我管东管西，对我的另一半和孩子来说，应该也不喜欢我对他们管东管西吧?

　　想赢得认同，你就得很有智慧地说："从你的角度来看，我能体会你的感觉。"

　　被别人理解，是人性深层的需求，一旦这个需求得到满足，往往会发生很神奇的事情。比如，负面的情绪消失了，敌对的情况不见了，相互之间的尊重增加了，彼此间的问题也烟消云散了。

想赢得认同，你就得很有智慧地说："从你的角度来看，我能体会你的感觉。"

## 30 / 所有问题的根源

天使之所以能飞，是因为将自己看得很轻。

——英国作家 却斯特顿

人的问题虽有千百种，但不论是直接的还是间接的，一切问题都来自"我"。

当你在意某件事时，想想看，你真正在意的是什么？是不是你自己？你太在乎你的利益、你的形象、你的期待、你的想法、你的表现……对吗？

若有人讲了一句话，你听了很恼火，你是为什么恼火？你说，那是因为："他竟然对我说那样的话！""他根本看不起我！"那么问题就来了——

我们对自己的认同几乎遍及身边的所有事情。你可能会说："这是我的车子、我的房子、我的工作、我的男（女）朋友、我的伴侣、我的父母、我的孩子……我的喜怒哀乐当然会受他们影响。"影响程度的强弱，是和各种人、物与自己的关系密切程度成正比的，对吗？

你看到电视上的超级大飓风、世纪大海啸、连环大车祸中即使人员死伤惨重，却似乎都比不上你的痛苦。只要生个小病或饿一下肚子，你就哇哇大叫，还管什么非洲正面临严重的粮食短缺、有数百万人处于渴死和病死的危机？

有"我"就会有执着，有执着就会有痛苦。如果你深入去看，你就会发现人之所以痛苦，都是因为对"我"的执念。当"自我"，也就是我们一直珍惜和保护的那个"我"受到威胁，或是得不到他想要的东西时，就是痛苦产生的时候。

　　观察你认识的人当中，有哪些人老是深陷于沮丧和痛苦中？他们谈话的焦点是否总是离不开自己？这人对我不好、那人辜负了我、我不喜欢这个、我厌恶那个……痛苦里存在的总是"我"。痛苦，是以自我为中心的。

　　俄罗斯作家西比利亚克说得对："如果一个人只想到自己，那他的一生中，痛苦的事情一定比快乐的事情来得多。"

　　现在起，试试看，把"我"从想法中拿掉。"他竟然'对我'说那样的话！"如果把"我"拿掉，就剩下"他说那样的话"，你还会那么生气吗？"这对我有什么好处？"如果把"我"拿掉，就剩下"这有什么好处？"，心是否也变得开阔了？

　　一位朋友在开始修行后，整个人变得豁达、开朗了。我问："你是怎么改变的？"他答道："我学会了放下我的执着。我不再只关心'我的'利益、'我的'孩子、'我的'问题。当然，我还是希望一切安好，但是从那时候起，我可以用平常心去看待问题，人也变得轻松自在了。"

　　我想起《一个新世界》这本书中有段话："你如何放下对事物的执着呢？试都别试，这是不可能的。当你停止在事物中寻找你自己时，那对事物的执着自然而然就会消失。"是啊！人们总是说："我放不下"，其实真正要放下的就是那个"我"。

　　现在起，试试看，把"我"从想法中拿掉。"他竟然'对我'说那样的话！"如果把"我"拿掉，就剩下"他说那样的话"，你还会那么生气吗？

ZI  自控  K O N G

Part 7

极简心理

## 31 / 不再紧张不安

人到无求，品自高。

——明代　陈献章

"面对老板，我会紧张，甚至害怕看到他。我跟其他同事说话都没有这样，为什么对老板会这样？"一位读者问。

这问题得问你自己。当你面对一个小孩、一个工人或比你地位低的人，你可以轻松自在。可是当你面对帅哥美女，面对你的老师、客户、老板或一个大人物，你就会感到紧张，为什么？

是不是因为你想从他们身上得到某些东西？也许是认可，也许是某些实质利益或者是他们的关注或赞赏，你会想："我要怎么表现才得宜？要怎样才会给他留下好印象？"你会顾虑："这笔生意是否能成交？对方会不会喜欢我？"紧张和焦虑就是随着欲求而来的，不是吗？

因此，去了解当你和某人在一起的时候心中在想什么，是很重要的。某人官大，但你又不做官，他的官大不关你的事；某人有钱有势，如果你不羡慕，不管别人觉得他有多么崇高，对你来说也没什么了不起。

有位富翁十分有钱，却得不到旁人的尊重，他为此苦恼不已，每日苦思如何才能得到众人的敬仰。

某天在街上散步时，他看到街边有一个衣衫褴褛的乞丐，心想自己得到尊敬的机会来了，便在乞丐的破碗中丢下了一枚亮晶晶的金币。

谁知乞丐仍是头也不抬地忙着捉虱子，完全没有对他表示感谢和尊敬。于是，富翁不由得生气地道："你眼睛瞎了？没看到我给你的是金币吗？"

乞丐仍是不看他一眼，答道："给不给是你的事，你不高兴的话，可以要回去。"

富翁大怒，意气用事起来，又丢了十枚金币在乞丐的碗中，心想他这次一定会趴着向自己道谢，却不料乞丐仍是不理不睬。

富翁几乎要跳起来，暴怒地道："我给了你十枚金币，你看清楚，我是有钱人，好歹你也应该尊重我一下，道个谢你都不会吗？"

乞丐懒洋洋地回答："有钱是你的事，尊不尊重你则是我的事，这是强求不来的。"

富翁急了："那么，我将我的财产送给你一半，能不能请你尊重我呢？"

乞丐翻着白眼看他："你给我一半财产，那我不是和你一样有钱了吗？为什么我要尊重你？"

富翁更急躁起来："好，我将所有的财产都给你，这下你愿意尊重我了吧？"

乞丐大笑："你将财产都给我的话，那你就成了乞丐，而我就成了富翁，我凭什么尊重你？"

正所谓"无欲则刚"，我发觉，不论是感情还是关系，愈无求的人就拥有愈大的自主权。当你很在意别人时，就容易患得患失；当你不在乎别人时，别人反而会在意你。

## 32 / 永远不会后悔

没有单纯、善良和真实，就没有伟大。

——托尔斯泰

心肠太好、太为别人着想，是种缺陷吗？

这类问题曾有人一再问我——"单纯不好吗？"

单纯是好的，即使表面看起来不怎么好。我是这么认为的：虽然为人单纯容易吃亏上当，但单纯也让生活变得简单。容易与人交心，交到的朋友也是真心居多。我们常看到"禅"这个字，左边是表示的"示"，右边是单纯的"单"，合起来之后，"禅"这个字就是单纯的意思。反之，一旦失去了"纯真"的本性，取而代之的就是欺骗和虚伪、自私和贪婪。

人们总认为：太单纯的人会被骗、会受伤害，但这也未必。让我用这则故事来说明：

阿根廷著名的高尔夫球手罗伯特·德·文森多是一位出了名的好心人。

有一次，他刚刚在一场锦标赛中获得了冠军，当他来到停车场的时候，一个年轻女子向他走来。她向罗伯特表示祝贺后，便说她可怜的孩子病得快要死去了，而她却无法支付昂贵的医药费和住院费。

罗伯特被她的话语深深打动，立刻掏出笔，在刚赢得的支票上签了名，然后递给那个女子。

"这是我参加这次比赛的奖金，请你收下！愿可怜的孩子早日康复。"罗伯特说道。

一个星期后，罗伯特正在一家乡村俱乐部吃午餐，一位职业高尔夫联盟的官员向他走过来，问他一周前是不是遇到一个自称孩子病得很重的年轻女子。

罗伯特点了点头。官员说："那个女子是个骗子，她根本就没有什么病得很重的孩子，她甚至还没有结婚哩！我的朋友，你被骗了！"

"你是说根本就没有一个小孩子病得快死了？"

"根本就没有。"官员答道。

罗伯特松了一口气，然后说："这真是我这星期听到的最好的消息。"

这就是"单纯"。当你是单纯的，就永远不会感到后悔，也不会觉得受了伤害。

曾有受了情伤的女孩问我："我是否因为太单纯，才会爱得那么辛苦？"

我说："如果你的爱是单纯的，显示出来的就是单纯的快乐；然后，你有了期待，显示出来的就是期待；当期待落空，你觉得受伤、失望，显示出来的就是愤怒、怨恨；如果你的爱为你带来的是不满、是怨怼、是愤恨，是一再受伤害，那就表示你的爱还不够单纯。"

　　有人说："好人到头来总是输。"这完全不对。应该是不论结果如何，好人一开始就赢了。因为好人不但活得心安理得，更赢得了人心。

# 33 / 多余的折磨

忧虑令小小的物体投射出巨大的阴影。

——瑞典谚语

没事发生时候，你可能会担忧有什么不幸的事将要发生；有时鸿运当头，你可能又担心好景不长。找不到工作时你会担忧，找到工作之后你也许又为所得到的工作担忧，担心做不好、担心无法升迁、担心失业、担心太劳累。担心完自己之后，你可能又担心起了小孩：他要不要补习？他的过敏会不会愈来愈严重？若他没有群体生活经验，要不要报名参加夏令营？夏令营里的老师是否会照顾他？不在身边看着，他会不会从树上跌落而摔断腿？或者翻落到湖里……天啊！愈想愈担心！

幽默作家维尔·罗杰斯说得传神："担忧就像摇椅，让你有事做，却做不成什么事。"你担心东、担心西，似乎忙得要命，然后会因此而成功避开所有问题吗？

我从不担心，因为担心也没有用。

关心是需要的，担心却没必要。因为大多数你担心的事都不会发生，即使发生了，担忧也并不会造成任何影响或改变。

回想一下你曾担心过的事，比如担心考试成绩，担心身材的高矮胖瘦，担心身体健康，担心会不会下雨，担心钱够不够用……事情的结果曾因你的担心而改变吗？

那是不可能的。你怎么可能借由担心、紧张让成绩或身材变好？焦虑不安怎么可能变出钱或把天气变好？怎么可能透过忧愁和烦恼让病情好转？担忧并不会帮你解决任何一个问题，甚至还可能让问题变糟。

话说商人比尔得了失眠症，医生建议他："你可以晚上躺在床上闭目数羊，不等数到两千只，你就睡着了。"

过了几天，比尔更加憔悴地来了，他说："我一数羊，更加睡不着了。"

医生觉得奇怪："你照着我说的做了吗？"

"当然做了。"比尔说，"我刚刚数到一千，就开始想，我如果有那么多的羊，就可以做上万件大衣。但问题是，有那么多大衣要怎么卖？万一卖不出去怎么办？我愈想愈担心——天哪，我哪里还睡得着呢！"

你的人生也许充满问题，但是找找看，当下这一刻有没有任何问题？不是下星期或一小时以后，而是现在。你在这一刻有任何问题吗？

你或许内心正在担心未来可能发生的事或担心过去发生过的事会卷土重来。但你担忧的这些都是未知，现在已知的这一刻，你有问题吗？

把心放在当下这一刻，全然专注眼前正在做的事，你就不可能担忧。

没错，担心永远是多余的。

> 把心放在当下这一刻，全然专注眼前正在做的事，你就不可能担忧。

$\dfrac{34}{}$ 问题还是同样的问题

　　人常为钱烦恼，没钱时烦恼，但有钱时也烦恼。为什么呢？许多人为情所苦，没人可爱时苦恼，爱上了某人也苦恼。大家到底在烦恼什么？

　　其实，烦恼之所以让人苦恼，并不因为烦恼本身，而是因为人们看不清这些烦恼到底是怎么来的。很多人觉得烦恼是外在的一切不如意所造成的，但外在的一切不一定令人烦恼。比如，外面车声很大，有人因此而烦恼，为了解决这种声音，加强隔音、把耳朵塞住、搬家。但同住在一起或附近的人并不觉得吵，也就没有这种烦恼，可见烦恼是在自己内心产生的。

小时候，我家住乡下，厕所设在屋外，每到天黑我就开始烦恼，怕出门上厕所。白天和黑夜其实无异，为什么夜晚走在路上会怕？这烦恼是从何而来？是自己想出来的，对吗？

我听说，从前密勒日巴尊者在山洞里闭关的时候，他的面前有块石头，他一直感觉石头上有个魔物。当闭关结束时，魔物真的从石头中显出来了。

尊者问："你是什么魔物？"

魔物说："是你的心魔！我本来不存在，因为你认为我存在，我就出现了。"

没错，"万物唯心造"。人们想去除烦恼，其实，不是要把它拿掉，而是要看清它是"不存在"的。婴儿单独睡觉，即使房间再大、光线再暗、位置再偏远，也不需要有人陪伴。因为他心中没有鬼，所以不怕鬼。

当你没有想到鬼的时候，你会害怕吗？当你没有想到任何事的时候，你会产生任何烦恼吗？

我在烦恼，还是烦恼在干扰我？想想看。

当你听到车声很吵，是车真的开过来吵你，还是你的心在吵？

当你为长相、身材烦恼，可曾想过，烦扰你的是长相、身材，还是你自己？

如果你觉得某人很烦，想想看，是那个人在烦你，还是你拿他的言行在烦扰自己？

如果你因某事苦恼，想想看，是那件事在令你苦恼，还是你的想法在给自己增添苦恼？

生命难以避免的痛苦与我们自讨苦吃的行为，这两者是有区别的。

非洲国家卢旺达有一句俗谚："你可以抛开身外之物，却逃不开心口的烦忧。"愁来愁去，烦东烦西，人生还是同样的人生，问题还是同样的问题，何必庸人自扰？

你觉得某人很烦，想想看，是那个人在烦你，还是你拿他的言行在烦扰自己？

你因某事苦恼，想想看，是那件事在令你苦恼，还是你的想法在给自己增添苦恼？

## 35 / 内心的平静

"平安"，是大家所熟悉的字眼。它不只是一句贴心的祝福，也是基督徒的生活里最为通用的请安用语。

几年前，许多人还特地到台南的永康车站，只为了买一张"永康——保安"硬式纪念车票。可见，人们对"平安"的渴求是何等热切。

平安是什么？人心为何不安？为什么很多人问平安从哪

里来？

因为世事无常，人生时时刻刻都在变动。情人会变心，事情会变卦，健康会变化，灾难随时都会发生，昨天还在的人，今天可能就不在了。若要一心指望着一切都"永保安康"，反而会为我们带来更多不安。但如果你预判生活中会有高潮和低潮，内心反而能平静。

有两个画家要描绘平静、安稳的景象，一个画出来的是在一大片激昂壮阔的瀑布旁有一节树枝，树枝上有个鸟巢，而小鸟睡在鸟巢里，丝毫不受瀑布水声的干扰。

另一个画家所画出来的却是一个静如止水的湖，湖面上倒映着明丽的蓝天白云、绿树红花。到底哪一个才是我们在生活中所向往的平静安稳？

相信不用我说，每个人都已经有了答案。真正的平安不是环境的风平浪静，而是内心的平静。我们唯有在自己的内心之中才能找到永恒的平安。

你是否知道，即使在最动荡的环境中，也能得享平安？其实基督徒愿意将一切"交给主"，佛教徒相信"随缘"，这些都是一种"放下"。也就在他们"放下"的同时，身心也得到了安顿。

引自《宇宙逍遥游》中的一段话："没有一颗心，当它的安全被保证时不立刻敞开的。"

不要对人生的起起落落太在意，生命是来丰富我们的。要将生命中的不安定交给上帝，信任上苍的安排。你越早交出执念，你的心也越能"放下"；你愈信任上苍，内心愈平安。这是我的体悟。

印度诗人泰戈尔说："恩典之风永不停息，必须扬帆的是你。"你只要敞开心灵，正面相迎，所有事情都会自己安定下来。你不需要去安顿它们，你只要安顿你自己。一旦你处于和谐之中，整个生命都会处于和谐之中，这就是平安喜乐之道。

若要一心指望着一切都"永保安康"，反而会为我们带来更多不安。但如果你预判生活中会有高潮和低潮，内心反而能平静。

Part 8

爱是学问

## 36 / 先从爱自己开始

关爱自己是关爱整个世界的开始。

——王尔德

关于爱，最大的问题就是每个人都希望被爱，而大家最欠缺的就是爱的能力。每个人都想找个爱我们的人来证明自己是可爱的，当找不到或失去爱时，便误认为自己不值得爱。

事实上，想得到爱，必须从爱自己开始。你原本认为别人应该善待你，其实是你应该善待自己；你认为伴侣应该尊重你，其实是你应该尊重自己；关系只是你的一面镜子，你从他人身上得到的爱或是未获得的爱，正反映着你有多爱自己。

## 爱自己是自私的吗？

我们的社会谴责人们对自我的爱，认为那是自私的行为。这当然是错的。花儿必须"自私"地吸取水分，供给枝叶与花朵，而后在开花的时候，才能分享美丽与芬芳；果树必须"自私"地吸取养分，而后结满果实的时候，才能分享甜美与营养。人必须"自私"地去追寻令他快乐的事，他愈快乐，就愈能带给其他人快乐。

有位太太告诉我："现在对丈夫发脾气时，我都会自问：'有没有什么事，本来是自己的分内事，我却怪他没有替我做？'当我照顾好自己时，我感觉比较不生气。而当我变得越来越快乐时，我跟丈夫的感情也越来越好了。"

林肯说过："你无法把自己变成穷人再去帮助穷人。"要想给别人什么，你必须先拥有什么。

想想看，如果你对自己很冷酷，你能对人热情吗？如果你没有知识，你能教别人学问吗？如果你不曾欢笑，你能带给别人欢乐吗？我们无法给别人我们没有的东西。一个不爱自己的人，将很难去爱别人。

没错，你必须先拥有，才能分享给别人，而不是去找一个人来弥补自己没有的。

这段话我也常告诉失恋的人。失去一段爱情的人常忘了，自己在遇到那人之前，其实也是一个人生活。一个人也可以过得很好，为什么非要有另一个人不可？

现在起，别再去求别人了，请停止在别人身上寻找爱。你想要的一切，自己本就已拥有，你想要的一切都是你可以给予自己的。你不需要索取，你本身就可以给自己。这是你想要的爱，为什么非得经由另一个人来寻求这份爱？

你可以爱任何人，但切记要先爱自己。只要你爱自己，自然会找到值得爱的对象。当你愈爱自己，愈满足自己，就愈有能力分享你的爱，愈有能力去爱别人以及被爱。

等待别人来爱自己，是条曲折小道；先去爱自己，才是康庄大道。

你必须先拥有，才能分享给别人，而不是去找一个人来弥补自己没有的。

37／**不想做就别做**

施惠无念，受恩莫忘。

——《朱子家训》

爱一个人，我们会乐意为对方付出，觉得那是甜蜜的负担；若不情愿付出，才会觉得是牺牲。牺牲愈多，怨恨必然也愈多。

道理很简单，当你觉得自己做出了牺牲，便会把期待放在对方身上，希望对方能多关心你、多爱你一点，如果对方没有达到"预期回报"时，问题就来了。

一个"牺牲者"常会把不满与愤怒累积在心里，无形中便将给予的爱附加了许多压力。你注意到了吗？那个你最常抱怨的人，也是你为他牺牲最多的人。如果你一直牺牲自己，那牺牲也将成为别人的负担。

有一个太太虽很勤劳，却很爱抱怨，常抱怨先生不够体贴，对她不够好；也抱怨先生在家从来不带小孩、不帮忙做家务……

一天，太太又向先生抱怨："老公，你不是答应过我，说结婚后要高高兴兴地带我到处旅行吗？怎么我们已经结婚五年了，你都没有做到呢？"

老公答道："可是，我到现在都还没有'高高兴兴'过啊！"

感情中最让人感到负担的，莫过于有人一直把他为你做的事挂在嘴边。听到一连串自己欠下的人情，确实让人难以消受。曾经是美好的礼物，如今却变成了索取回报的筹码。

　　曾有读者写信给我，说她对一个男人不断付出，想挽回这段感情，但他始终拒绝回到她身边。她问："如果我继续付出，却没挽回这段情感，那该怎么办？"

　　"凡事要为自己的快乐而做。"我告诉她，"当我们为某人做某件事时，我们是出自自己内心的欢喜而做，而非为了得到对方的回报而做。如果你怀疑这付出值不值得，那最好别去做。"

　　这世界原本充满着爱，每个人都关心自己所爱的人，但奇怪的是，为什么被爱的人却没有变得更美好、幸福？为什么家庭与婚姻的不幸反而愈来愈多？一定有什么地方弄错了，否则怎么会这样？难道不该有爱吗？不，爱并没有错，错的是我们的关爱包含了太多的期待。

　　柴可夫斯基说过："如果爱情是真心真意的，在其中所受的委屈便很快就能忘记。"如果你爱这个人，愿意为他做某件事，你会觉得不甘心吗？如果会的话，那就表示你不是心甘情愿的，既不是心甘情愿，那这种感情又哪里是爱呢？

　　爱不是牺牲自己，而是要满足自己。当你为的是自己的快乐而做，自愿付出而无所求，就不会觉得是在牺牲。即使做得很疲惫，仍然满怀欢喜，你就能体会"真爱不求回报"的真意了。因为在那个爱的行动里，让你体验到了生命的光彩，让你看到了自己存在的价值和意义，这已是最好的回报。

> 感情中最让人感到负担的，莫过于有人一直把他为你做的事挂在嘴边。听到一连串自己欠下的人情，确实让人难以消受。

## 38 / 显露本性的镜子

人只有改变内心，才能改变外在的人生。

——威廉·詹姆斯

　　我们每一个人都处在各种关系当中，借着关系，我们一再遇见自己。这是因为我们在关系里的经验会不断触发情绪，向我们显示我们的痛苦、焦虑、恐惧、矛盾、嫉妒、冲突、孤独以及人格的黑暗面。

我们在感情中所遭遇的问题，就是我们自己内在的问题。如果你不断与自己的内在冲突，那么在感情关系中也会不断与别人冲突；如果你内心有很多愤恨不平，与人相处时也会吵闹不休。这就是为什么说关系是一面镜子。

你需要某人来让你生气。因为除非你疯了，否则当你单独一人的时候，你一定无法生气。即使有愤怒在你心里面，但是你也没有办法发泄出来。然而透过关系，你很容易就能把心里面的东西引发出来。

尤其在婚姻里，一个人会完全显露出自己，你可以看到自己所有的毛病和缺点。没有人能像你的亲密伴侣一样，知道如何触及你的"痛处"，他轻易就能把你激怒，让你变得暴躁、失控。

在每一个冲突中，对方都能让你看到真实的自己。我也是这样，透过对方来认识自己并借由这历程学到慈爱、接纳、放下、宽恕和无我。不论是什么样的改变，我们的关系都在改变我们。

有时候，我们会一起分享生命之爱；有时候，我们又会成了彼此的眼中钉。伴侣会有意无意地挑战我们的极限，刺痛我们的伤口。但我们之所以进入彼此的人生，就是为了帮助彼此看见自己最需要治愈的部分和最需要突破的限制。每次情感的蜕变都会使我们更接近完整的自己，这正是我们建立关系的目的。

　　所以，当有人问我要如何改善关系，我总会告诉他们："首先你要深入内心，把你内心的问题先解决。"

　　一个有控制欲的人，除非放下内心的恐惧，否则就不可能放松；一个满怀怨恨的人，除非内在的愤懑得到释放，否则不可能停止怨怼；一个爱嫉妒的人，除非能找到自信，否则不可能停止嫉妒。如果你想改善外在的一切，就必须从改变内在开始。

　　当伴侣之间没有了爱而彼此伤害，我不会告诉他们要如何努力爱对方，而是要求他们先学会爱自己。只有自己过得好的人，才有能力去爱另一个人。教伴侣如何和谐相处，不如让他们自己内心和谐，因为那样才可能与人和谐相处。

　　大多数人想改善关系，所用的方法都是企图改变别人。他们不喜欢在关系的明镜上看到自己的"德行"，因此努力擦拭镜面，甚至打破镜子。但这样就能改变自己的长相吗？当然不能。除非你已经把一个最根本的问题处理好——你自己。

　　关系出了问题，我们永远要检讨自己，在别人身上找问题是搞错了方向。

　　　教伴侣如何和谐相处，不如让他们自己内心和谐，因为那样才可能与人和谐相处。

## 39 / 接受对方的不完美

婚前要睁大双眼，婚后要闭上一只眼睛。

——富兰克林

爱是"盲目"的，因为人在选择对象时，我们看的都是对方的优点，而忘了看缺点。但是，缺点才是两人在一起是否能和谐圆满的关键，不是吗？

有人说：选择你所爱的，爱你所选择的。困难并不在于选择和爱这两件事，而是选来选去，选完以后才觉得不合乎心意；爱来爱去，爱到最后还搞不清楚爱的是什么！

相爱容易，相处难。爱情的美好，在于和对方的优点谈恋爱；婚姻的难处，在于必须和对方的缺点生活在一起。与心爱的人结为连理后，从此过着幸福快乐的生活，只是童话故事的情节。一对爱侣能白头偕老，除了因为找到了"对的人"以外，还需要学习很多。最重要的是：爱一朵玫瑰花，还要一并爱她的刺。

柏拉图有一天问苏格拉底："什么是爱情？"

苏格拉底没有回答这个问题，反而叫他到麦田走一趟，指示他去挑一棵最大、最好的麦穗，但只可往前走，不可回头。

柏拉图心想这很容易，于是就去了。

可是过了大半天，他居然两手空空地出现在老师面前，于是苏格拉底就问他原因。

他说，因为心想一定要挑一棵最好的，于是当他看到还不错的麦穗时，总想着应该还有更好的，就没有摘。等他走到尽头才赫然发现，手上连一棵麦穗也没有！

苏格拉底告诉他："这就是爱情。"

有一天柏拉图又问苏格拉底："什么是婚姻？"

苏格拉底叫他再去麦田走一趟，挑一棵最大、最好的麦穗，照旧也不可回头。结果当他回来后，带着一棵看起来还算挺拔，却有点枯萎的麦穗，苏格拉底就问他："难道这就是你所挑的最好的麦穗？"

他回答，他一路走去，看到好的不愿意拔，心想应该还有更好的，但走到一半时想起上次的教训，发现这株还不错，就先拔了。他又担心之后的路上没有更好的，所以不管这株是不是最好的，就带回来了。

苏格拉底说："对了，这就是婚姻。"

这世上永远会有更好的对象出现，然而，当我决定结婚时，明知极可能有更好的人出现，但是此地此时此生，我就是选择了你。正所谓："弱水三千，只取一瓢饮。"这才是婚姻的真谛。

爱并不是不顾对方的缺点，而是即使对方有缺点也仍拥抱他。引用男影星罗宾·威廉姆斯的话："她不完美，你也不完美。问题在于，你们二人对彼此来说是否都最完美。"这才是重点。婚姻不在于双方有多么合得来，而在于如何处理彼此间的不合之处。学习接受另一个人的不完美，也努力让自己变得更完美，这就是最美好的婚姻。

这世上永远会有更好的对象出现，然而，当我决定结婚时，明知极可能有更好的人出现，但是此地此时此生，我就是选择了你。

## 40 / 让关系历久不衰

幸福的婚姻中，友谊必须与爱情融合在一起。

——法国作家 莫洛亚

曾有人问我："什么样的人适合当终身伴侣？"

我说："适合做一辈子朋友的人。"

他又问："有什么方法可以让关系历久不衰？"

"友谊。"我说，"把对方当成最好的朋友。"

"光是友谊，却没有别的吸引力，关系能维持吗？"

"如果两个人连朋友都不是，关系才更难维持，不是吗？"


近代才女周练霞的名句是："但得两心相照，无灯年月何妨？"

有位学生结婚时，我便以此短诗写在书上，当作祝福新人的礼物。

婚后数日，一对璧人特来登门求教。

"老师的礼物很特别，可是我们不大能体会其中的含义，能不能请您解释一下呢？"

"简单地说，就是希望你们不仅结为夫妻，更要成为好朋友。因为，爱情虽灿烂炫目，却很容易消逝褪色。而友谊却浓郁持久，历久弥新。"


德国哲学家尼采说过："婚姻不幸福，不是因为缺乏爱，而是因为缺乏友谊。"

人们花时间去寻找对象，如果换个方式，先去建立友谊，就会发现，爱的关系也会随之出现。人们花心思去寻求美好的关系，其实只要把对方视为最好的朋友，关系自然会变得美好。

你怎样对待最好的朋友？又怎样对待你的伴侣？想想看，也许你会有所领悟。

凡是能够长期相处的夫妻，你问他们何以如此，大多数的说法，都是把对方看成"世界上最好的朋友"。

Part 9

# 态度制胜

## 41 / 上天的祝福

那些打不垮我的，将使我更坚强！

——尼采

生命中所有事件的发生，不论当时多么痛苦、悲惨，都只有一个目的，就是赐予你智慧、力量与觉醒。

懂得视逆境为上天的祝福并不容易。一开始你无法接受发生在自己身上的事，你会充满疑惑，仰问苍天："为什么是我，老天？"你想不通，"为什么会发生这种事？"

　　然而，当你改变观点，你可以说："我相信一切事情上天都自有安排。上天为我安排这段经历是为了让我学习，是为了帮助我成长。"等你熬过了难关，另一头等着你的正是一个转折点、一个崭新的开始以及重生的机会。

　　这故事我曾一再提到：有一朵看似弱不禁风的小花，生长在一棵高耸的大松树下。小花非常庆幸有大松树成为她的保护伞，为她遮风挡雨，让她每天可以高枕无忧。

　　有一天，突然来了一群伐木工人，把大树整个锯了下来。小花非常伤心，痛哭道："天啊！我失去了所有的保护！从此，狂风会把我吹倒，大雨会把我打倒！"

　　远处的另一棵树安慰她说："不要这么想，一切刚好相反。少了大树的阻挡，阳光会照耀你、甘霖会滋润你；你小小的身躯将长得更茁壮，你盛开的花瓣将一一呈现在灿烂的日光下。人们会看到你，并且称赞你说：'这朵小花长得真美丽啊！'"

　　我最喜欢《侏罗纪公园》电影中葛兰博士所说的一句

话："生命会寻找出路。"人生的转折，常常都是在经历痛苦之后出现。你不会碰上一个你无法处理的问题，你碰到的每个问题都是为了让你体会自己拥有的能力，体会你能从生命中活出更多可能。

　　不论发生了什么，深呼吸，让你的心静下来。告诉自己："这正是我需要的。"不管事情有多糟，想想看："这逆境为我带来了什么好处？""这其中可能有什么生命礼物？"

　　将"问题"（problem）这个词换成"计划"（project）。虽然问题一样存在，但你不再觉得那是个折磨，你知道那是老天的计划。当你开始以造物者的眼光看待人生，你就能够坦然接受一切了。

　　等你在最后回顾自己的人生时，你便能够理解，包含在这些经历中的人与事，彼此间是如何地相关，以致变成造就"现在的我"的各种机缘。一如苹果公司的贾伯斯曾在对史丹佛毕业生的著名演讲中提到的，人生的关联性，有时只有在你回头看时才会看到。而现在，我仿佛也为自己看到了关联性。这就是逆境的祝福。

> 　　不论发生了什么，深呼吸，让你的心静下来。告诉自己："这正是我需要的。"

## 42／决定人生的成败

当阳光普照的时候，灰尘也会闪闪发亮。

——歌德

每回主持研讨会或教育训练课程，我常问一个很基本的问题："你是以什么样的态度来参加活动的？"问毕，通常大家会一脸茫然，有人还会转头看别人的反应。

每次为学生提供职业发展建议，我总会不厌其烦地提醒："态度，决定你的高度。"得到的反应多半也是"雷声大，雨点小"。这显示了多数人对态度的自觉程度并不高，而这也是我一再提及这个问题的原因。

有个大家熟知的故事：三个工人在路边砌墙，旁人问说："你们在做什么呢？"工人甲说："我在砌一面墙。"工人乙说："我在盖一幢楼房。"工人丙却兴奋地说："我在建一座城市！"

几年以后，甲在另一个工地上砌墙；乙成了工头；丙成了这家地产公司的老板。

是什么原因造成了这些结果？是态度！

英文中有句话是这样的："How you do anything is how you do everything."（你做一件事的态度，就是你做每件事的态度。）

人们每天的生活形式都差不多，做的事也大同小异，既然如此，那么是什么让人们做的事突然变得重要起来了呢？

答案不在于人们做什么，而是人们当时的状态怎样。不管是砌墙、铺床、做家务，还是写报告、当服务生，重要的是他们是以什么样的态度做这些事的。

对于能力，你只能尽力，对于态度，你却能决定。

美国西点军校的名言是："态度决定一切。"就是这个意思。我相信，你也曾碰到过类似这样的人——他们表现得怠慢、懒散、死气沉沉，人生仿佛被乌云罩顶。对生命的态度消极悲观，让人退避三舍。

心理学家早已发现：一个人被击败，不是因为外在环境的阻碍，而是取决于他对环境如何反应。态度不是由环境造成的，否则好的态度必然来自好的环境，而否定的态度则是因环境艰难而造成的。我们都知道这并非事实，有许多生活优渥的人反而愤世嫉俗，也有许多似乎一无所有的人却总是笑逐颜开。

有个小徒弟问："师父，明天的天气如何？"

师父回答："一定是我喜欢的天气。"

小徒弟疑惑地问："师父能未卜先知？怎知道天气一定会如您所愿呢？"

师父："或许我不能控制天气，但心情是我能掌握的。"

是的，或许事情无法改变，但你可以改变你的心情。或许你无法改变长相与体型，却可以改变你的态度。你用什么态度去面对生活，就会有什么样的人生。

## 43 花若盛开，蝴蝶自来

一个人往往会变成他心里所想的那个人。

——爱默生

许多人一辈子都在追求，追求成功，追求快乐，追求美满的关系，追求理想的生活。结果往往事与愿违。不断地追求，只会提醒我们，自己是多么"缺乏"，那是搞错了方向。生命的诀窍是，直接成为快乐的、成为善于去爱的成功者，直接在日常生活中活出你想要的样子。

要成功，你必须先让自己在心态上成为一个成功的人，才可能像成功者一样思考和做事，然后拥有成功。要快乐，你必须先成为快乐的人，做任何事都快乐，然后你的感情就会更顺心，工作就会更顺利。要被爱，你必须先付出爱，然后你就会得到更多的爱。

我们说："给予就是最好的获得。"给予的时候，我们的内心是一种拥有的状态，而当你完全活在这种状态里，你就会成为这样的人；这样的人，也会吸引更多同样的人、事、物。

有一个学生希望我能帮他介绍女朋友，他说："我一直在寻找心仪的对象，你可不可以帮我找找？"

他这样描述他心仪的对象：要温柔、大方、乐观、善解人意、有爱心。听了之后，我告诉他："你在找一个好女人，而这个好女人，也在找一个好男人。你是那个好男人吗？你也具备你的心仪对象的特质吗？如果不具备，先培养自己去拥有这些特质。只要你具备了，就会有很多好女人被你吸引。"

花若盛开,蝴蝶自来。一朵充满花蜜的花,不需要要求蜜蜂为它传播花粉,蜜蜂自然会主动前来。

如果你寻求的是美好的关系,那么,最重要的是让自己成为美好的人,然后,你与人的关系自然会变美好,也会吸引更多美好的关系。如果你想得到权力,你必须放弃追求权力,先负起责任来。尽心为他人服务并完成自己的使命之后,你就会获得权力。如果你寻求幸福,不应该去寻找,而是应该努力成为人们的幸福之源;如果你想让欢乐进入你的生活,当你走进房间时,就应该将欢乐带进去。

你想改变某人,不应该急着改变对方。老子说过:"唯一能够真正做到一件事的方法,就是让自己变成那件事。"而我说:"唯一能够真正改变一个人的方法,就是让自己变成那样的人。"

有位护士说得好:"每当我感到人们不对我微笑时,我就开始笑着对别人问好。然后,非常神奇地,似乎我周围突然多了许多微笑着的人。"

先成为你想成为的人，然后你就能拥有你想拥有的东西。

唯一能够真正做到一件事的方法，就是让自己变成那件事。

44 / **你有多渴望?**

自己做那个你想在这世上看到的改变。

——甘地

改变难不难?

改变难,因为人对未知大都抱着恐惧心理,唯恐它会带来预想不到的痛苦。所以,即使不舒服,人们还是会选择留在原地。

但其实，改变难不难，是在于你有多渴望改变。

心灵作家芭芭拉·安吉丽思写了一个关于觉醒的故事：

有个农夫喝了很多啤酒，醉倒在一丛荆棘上。只要他维持睡眠的状态，就不会察觉身体被荆棘刺伤的疼痛。但是酒意慢慢退了，他逐渐醒来，发现自己从头到脚都剧烈地疼痛。

农夫知道他应该爬起来，离开荆棘，但即使是稍微移动身体，也会让疼痛更为剧烈。所以，他继续躺在荆棘上，一动也不敢动。

已知的一切或许并不愉快，但起码是熟悉的，起码已经习惯了，然而未来呢？谁知道啊？说不定会更糟！还是保持原状好了。这便是人们明明对现状不满，却不愿改变的原因。

在电影《楚门的世界》（*The Truman Show*）中，美国影星金·凯瑞（Jim Carrey）饰演一个始终生活在电视节目里的人，而他并不自知。每当楚门认为他自己做了决定时，其实做的都是被控制室里的制作人所操控的决定。最后楚门知道了这个阴谋，想要冒险离开录制电视节目的小城。但为了让受欢迎的节目继续下去，制作人安排了一个又一个障碍，阻止楚门获得自由。

有一次，控制室里的助理问制作人："你认为他能找到出去的路吗？"

制作人正色答道："如果他下定决心离开，他可以在任何时候离开。实情是，他喜欢他的世界。"

"为什么我一定要走出去？"很多胆怯的人会问。常常，我的回答只是淡淡的一句："停滞不前，会比较快乐吗？"

法国诗哲阿波里纳芮（Apollinaire）有一段智慧之言。

"到边缘来。"

"我们不能，我们害怕。"

"到边缘来。"

"我们不能，我们会掉下去。"

"到边缘来。"

他们来了，然后他推了他们一把，他们却飞了起来。

生命的可贵就在这里，我们不知道未来会发生什么，但依然勇往直前。只要换掉change中的一个字母，就变成chance了。就看你有多渴望！

> "到边缘来。""我们不能，我们会掉下去。""到边缘来。"他们来了，然后他推了他们一把，他们却飞了起来。

45 / 从错误中学习

一次小小的失误也许会防止重重的跌落。

——托富勒

关于决定，人们总是举棋不定，之所以怕做决定是因为我们怕犯错，"万一错了，结果不如预期怎么办？"

我算是聪明人，但我这一生一直对"做决定"这事感到苦恼——要读哪个学校？要跟谁合作？买哪间房子？要不要到国外发展？要做什么投资？……每每都令我烦恼。

我也曾想过，如果过去做的是不同的决定，今天又会如何？当然，我不可能知道。唯一可以确定的是，我从现在的选择中学到了很多教训。

我很感激几位亲友，因为如果不是他们显露真性情，我就看不透人性，学不到如何慎选交往对象。还有，如果我不曾投资失败，就不会重新检视自己，不会知道自己究竟是谁、有能力做什么。

我常听到人们这么说："如果再回到当初那时候，我一定不会那么做。"听到这种话时，我心里就会暗想：就算回到过去，你依然会选同一条路。因为没有走过那段经历，你就不会发现它是错的。

我要强调的是，没有所谓错误的决定。如果你选择道路甲，你会学到一套课程；如果你选择道路乙，你会学到另一套课程。如果当初做不同的决定，只会带给我们全然不同的人生体验。决定没有对与错，只有不同。

　　人生不像考试一样，有个标准答案在那里分辨对错，而是像自由发挥的绘画，任何一笔都是对的。因为任何时候我们画错了一笔，都可以多涂几笔，让它变成另一幅画。

　　有个小孩在家中学国画，还没开始画，就把墨汁滴到了洁白的宣纸上。墨点慢慢散开来，变成了一摊丑陋的墨渍。

　　小孩很懊恼，准备换一张宣纸。

　　可是，他的妈妈说："这点墨渍不是很好吗？"孩子的妈妈取过笔，用那点墨渍画了一只小猫，竟然栩栩如生。

　　孩子拍着手高兴地喊："原来墨渍可以变成小花猫。"

　　其实，不管你做什么决定，只要从错误中学习到经验，错误也将因此变得有价值。错的也会变成对的！

　　其实，人生没有真正的好与坏，因为每一条道路都有不同的风景。只要你把人生看成是自己独一无二的创作，就永远不可能走错路。

　　任何时候我们画错了一笔，都可以多涂几笔，让它变成另一幅画。

ZI 自控 KONG

Part 10

观念革新

## 46 / 幸福不在终点

当你去搭火车，你认为火车的功用是什么？当然是将乘客载到目的地。这是一般人的典型回答。

但为什么火车的功用不能是载客欣赏沿途的明媚风光呢？那不是更有趣？

当你看球赛时，你认为是输赢比较重要，还是比赛过程比较重要？

当然是输赢重要！两队人为了比赛拼得要命，不就是为了争出个输赢吗？

　　不过，只是为了知道输赢的话，你又何必从头到尾来看这场球赛呢？干脆直接告诉你结果不就行了吗？

　　我曾问过一位喜爱登山的朋友："登山最大的乐趣是什么？我想应该是享受到达山顶的那一刻，对吗？"

　　"当然不是，"他说，"登上山顶的喜悦只是一瞬间的事。你可能会欢呼呐喊一会儿，欣赏一下景色，但很快地，你会感觉寒冷并开始想到下山的路有多难走。"

　　"那为什么还有那么多人喜欢登山？"

　　"重要的是攀登到山顶的历程，"他说，"整个过程才是最重要的，而不是身处山顶。如果只是为了处于山顶，那坐直升机来不就得了，何必那么累呢？"

　　山顶是可以让我们看得更远的地方，而不是我们自认为该爬到的位置。人生最精彩的不是实现梦想的瞬间，而是坚持梦想的过程，是看到自己一步一个脚印留下的刻骨铭心之感。

　　拿写作来说，创作的过程正如一个母亲待产的过程，母亲的快乐不只是来自婴儿的诞生，同样也来自怀孕中的期待和喜悦。假如把最终的完稿视为唯一的满足，那整个过程将多么艰辛无趣！

人活的是一个过程。要不然，明知都要死，为什么还活着？

常听到有人因为达不到自己的人生目标而感慨，听多了，我不免感叹，是否我们的人生都太执着于到达山顶，因而对沿途的风景视而不见？如果我们终其一生都没能达到人生目标，难道人生就白活了吗？生命就虚度了吗？

当然不是。生命是一趟旅程，它并没有最终的目的地，如果有的话，那就是墓地。美好的人生并不在道路的尽头，而是在整条道路上。只要旅程是愉快的，旅行必定是愉快的。

《福布斯》杂志发行人迈尔康说过："到达终点很棒，但过程总是最有乐趣的部分。"千万不要为了赶路，忽略了沿途的美景。

人生最精彩的不是实现梦想的瞬间，而是坚持梦想的过程。

## 47 / 我的本意是什么？

人生的目的，是在地上建筑人间天堂。

——希尔泰

不管你做什么，首先要问自己一个终极问题："什么才是我真正的目的？"

你去旅游，目的是什么？参加聚会，目的是什么？跟某人结婚，目的是什么？

有一对夫妻，婚前非常恩爱，但婚后没多久就开始相互抱怨。妻子觉得丈夫不体贴，更不够有钱；丈夫则嫌妻子心胸狭小，天天只会唠叨。因两人的关系愈来愈糟，于是向心理咨询师求助。心理咨询师花了三小时倾听两人的不满和抱怨后，只问了一句话："请问，你们当初结婚，就为了这无止境的争吵和抱怨吗？"夫妻俩顿时如醍醐灌顶，之后很快恢复了往日的甜蜜。

有一则广为流传的故事：

金代禅师非常喜爱兰花，在平日弘法讲经之余，花费了许多的时间栽种兰花。

某天，他要外出云游一段时间，临行前交代弟子：要好好照顾寺里的兰花。

在这段时间，弟子们一直细心照顾兰花，但有一天在浇水时不小心将兰花架碰倒了，所有兰花的花盆都跌碎了，兰花撒了满地。

弟子们都因此非常恐慌，打算等师父回来后，向师父赔罪、领罚。

金代禅师回来之后，闻知此事，便召集弟子们，不但没有责怪他们，反而说道："我种兰花，一来是希望用来供佛，二来也是为了美化寺庙环境，不是为了生气而种兰花的。"

他没有忘记自己原本的目的，没有了兰花，采些野花或用水果一样可以供佛，不是吗？

下次若你觉得事与愿违、某人让你不开心或某个计划未照规划进行——暂停一下，回想你的本意，回想你真正的目的。

一次我跟朋友到餐厅吃饭，隔壁桌客人说话的音量很大，使我几乎听不清楚朋友说的话。

我被吵得有点受不了，但我问自己："我到这里的目的是什么？"我告诉自己："我是花钱来吃饭的，我生气，让食物变得食之无味，这顿美食就被浪费了；我跟朋友好不容易相聚，如果心情不好，难得的聚会就糟蹋了……随遇而安吧！"

"什么才是真正的目的？"这是我们必须经常提醒自己的。想想看，当你参加聚会、旅游或是回家探望父母、陪家人，如果你出现在这些场合，却烦躁不安、满脸倦容，甚至为小事发怒，说实在的，那你的出现有什么意义？

下次若你觉得事与愿违、某人让你不开心或某个计划未照规划进行——暂停一下，回想你的本意，回想你真正的目的。

48 / **把脚步慢下来**

清风徐来，水波不兴。

——苏轼《赤壁赋》

有人说，快乐就像猫的尾巴一样，越是不停地追逐，就越是追求不到，可是一旦慢下来、停下来，它却与你如影随形。

原因很简单，追求，就表示你觉得有所欠缺，表示眼前不够美好；你去追求，就意味着所求之物并没有跟你在一起，对吗？只要你还致力于在某处寻找，你就不可能享受当下的快乐。

美国绘本作家谢尔·希尔弗斯坦的《失落的一角》，呈现出深刻的哲理和隽永的意趣。

有一个圆，被切去了好大一块，它想恢复自己的完整，想没有任何残缺，因此四处寻找失去的部分。

因为它残缺不全，只能慢慢滚动，所以能在路上欣赏花草树木，还能和毛毛虫聊天，享受阳光。

它找到了各种不同的碎片，但都不合适，所以把那些碎片都留在路边，继续往前寻找。

有一天，这个残缺不全的圆，找到一个非常合适的碎片，它很开心地把那碎片拼上，开始滚动。

现在它是完整的圆了，能滚得很快，快得使它注意不到路边的花草树木，也不能和毛毛虫聊天。它终于发现滚动太快使它看到的世界好像完全不同了，便停止滚动，把补上的碎片丢在路旁，慢慢滚走了。

你体会出其中的寓意了吗？

缺角的圆，或许缺的那一角是象征着我们所缺少的事物，也许是成就、爱情、金钱、权力、名声；也或许是象征着人生的某个缺憾，于是我们汲汲营营地追寻。

我们变得太过执迷于追求：职位升迁、销售业绩、收入的数字、流行的商品、爱人关爱的眼神……而对路边的小花、蝴蝶的斑斓色彩、夕阳的余晖，我们视而不见。徐徐的清风无法触动我们，雨水打在荷叶上的美景也无法在我们心里引起任何诗意。

索拉·佛斯特感叹说："人们为何总是热衷于自己得不到的东西？乡村夜晚的美丽景致、鲜花的色彩、雪花的神秘、飘荡在天空的云朵的行踪……人们却不懂得享受。为何我们无法满足于已经拥有的？"

当我们不停地追逐着想象中代表快乐的尾巴，会不会到最后才发现，原来，快乐一直在我们身旁？

把脚步慢下来，就有闲情；心情轻松了，就有逸致。套句剧作家王尔德的话："生活就是你的艺术，你把自己谱成乐曲，你的生活就是十四行诗。"在夕阳斜照下沏壶茶，在巷口的咖啡店读一首诗。当微风轻拂，阳光穿过树梢，一道一道光影洒落，你会以为天堂触手可及。

生活就是你的艺术，你把自己谱成乐曲，你的生活就是十四行诗。

——王尔德

## 49 / 你欠缺的只是失去

思之而存感谢。

——克伦威尔

听到许多人埋怨、哀叹生活中的一些芝麻小事。

仔细思考，觉得这些人实在不了解生活中能够发生这些小问题是多么幸福的事，我们应该庆幸自己拥有这些问题才对。

简言之，我们对自己所拥有的一切，缺乏一份感恩。

很多人怨工作苦、赚钱难，却很少想过，若不是这样，别人早就取他而代之了。有人叹身体衰老、脸上布满皱纹，那他可能没想过，有些人根本没有这么长的生命去经历这些。有人嫌孩子烦，那他也许没想过，对于那些想要孩子却不孕的夫妇来说，有个孩子是他们最大的奢望。有人怪父母太唠叨，那他或许没想过，如果哪一天见不到你的亲人，听不到他们的唠叨，是否会有一种失落？

有个女儿，婚后每次回家都向母亲倾诉，说婚姻很糟糕，丈夫既没有好职业，又不懂浪漫，生活单调乏味。

这天，母亲问："你们在一起的时间多吗？"

女儿说："太多了。"

母亲说："当年，你父亲上了战场，我每日企盼的是他能早日回来，与他长相厮守。可惜——他在一次战斗中牺牲了，再也不会回来。我真羡慕你们能够朝夕相处。"说完，母亲沧桑的老泪一滴滴掉下来。渐渐地，女儿仿佛明白了什么。

俄国作家陀思妥耶夫斯基一定也对"珍惜"深有所感，他说："我们的不幸就在于，不懂得自身的幸福之处。"每天过着平凡无奇的日子，你不会觉得自己是幸福的。等有一天，不幸的事情发生了，你会突然很想回到过去。那个时候，你就会明白我在说什么。

母亲节时我在癌症中心举办活动，一位得了癌症的妈妈接受访问，说最大的愿望就是自己能站起来走路，跟家人一起游山玩水。还有一位失去视力的病人则说："若有朝一日让我恢复健康，那将是上苍最大的恩赐。"

看得见，能走路，这不是很理所当然的事吗？但你可知道，在我们周遭有多少人，最大的心愿只不过是有一天能看得见或站起来，有的人甚至能多活几天就觉得很感激了。

有句歌词是这么说的："你不知道自己拥有什么东西，直到你失去了它。"无疑，在"失去"之前，我们很少会意识到"拥有"。这几天在电视新闻里看到尼泊尔大地震的灾情报道，我又觉得，其实，没有灾难，就是幸福。

下回当你又开始怨东怨西，不妨想想，是否有此可能：你经常抱怨可能不是因为有什么不幸的事，而是因为一切都很好——你欠缺的只是一份感恩的心。

有句歌词是这么说的："你不知道自己拥有什么东西，直到你失去了它。"

## 50 / 要用心去感受

　　曾有人问我："幸福的标准是什么？"我说："是自我感觉吧！"我解释，每个人的幸福都不一样，有人认为可以睡好觉就很幸福；也有人认为，看着孩子一天天长大就很幸福；还有人认为，骑着单车随处晃晃就是幸福……其实，只要觉得自己是幸福的，那就是幸福。因为除了你之外，还有谁能替你去衡量？还有谁能替你去感受？

　　连续剧中每天上演着幸福华丽的生活，商品广告中也不断传递着"买了它，就能感到幸福"的讯息。大众媒体常让人产生一种错觉——如果我们买到对的东西，如果我们找到对的人，如果我们有足够的钱，我们就会幸福。而如果以为幸福是外在的，这反而阻碍了得到幸福。

幸福不在于你拥有什么，而在于你如何看你所拥有的。如果你想不通这个道理，不妨看看报纸杂志。为什么那些有钱、有名的人，总是跟离婚、忧郁、吸毒或自杀扯上关系？幸福，无法以逻辑去衡量；幸福，无法用钱去兑换；因为幸福不在外在，而是内在的感受。

人会觉得生活无趣，是因为没有用心去感受生活。有一个父亲对他的孩子说："你到外面去看看，看到什么来告诉我。"

孩子去了一会儿，回来说："爸爸，我没看到什么呀！"

爸爸说："你再去看看，把昨天没看到、今天才看到的东西告诉我。"

孩子又去看了半天，回来说："爸爸，篱边的菊花开了，草地里有一只蜗牛在慢慢爬，远处有一头水牛在吃草，还有一只白鹭鸶站在它的背上，好有趣！"

　　当你走在路上，感受到路旁的野花、蜗牛、白鹭鸶，这时候，这些美好的事物就都为你存在。如果你视若无睹，那么即使天空布满了星星，你不抬头仰望，也等于什么都没有。

　　要感受幸福，首先，你必须领悟到幸福随处可得。当你能够真正了解幸福是什么，你不需要做任何事情，不用到什么地方，不用将自己改造成另一个样子或变成另一种人，就能立刻感到幸福。

　　一位作家朋友告诉我：对我而言，幸福就是为日常每一个瞬间的奇迹而欢欣鼓舞，从早茶、麦片、伏案写稿，到每天傍晚与太太一起骑自行车……幸福并不在远方，它就在晨间绽放的花朵中，在与朋友共进的午餐中，在陪孩子读床边故事的那个当下，也在窝在床上读一本好书的午夜中。

　　是啊！为什么我们要去"追求"幸福，而不是"感受"幸福？

　　拥有幸福的方法就是去感受幸福。当我们一边骑着自行车、一边欣赏随处可得的美景时，这就是幸福。而不应该骑着自行车，还在想着幸福在哪里。

　　如果你视若无睹，那么即使天空布满了星星，你不抬头仰望，也等于什么都没有。